PHAROS

SÉBASTIEN RUTÉS

W0321396

Collection Faction
Sous la direction de Clémentine Thiébault

Les Éditions In8 ont reçu le soutien de la région Nouvelle Aquitaine et de la DRAC.

ISBN : 978-2-494730-11-3
Parution : août 2023

PHAROS

SÉBASTIEN RUTÉS

FACTION

Celui qui vient errant est vénérable
aux dieux immortels et aux hommes.
Tel je suis maintenant en abordant ton cours,
car je t'approche après avoir subi de nombreuses misères.
« Prends pitié, ô Roi !
Je me glorifie d'être ton suppliant. »

Homère, *L'Odyssée*, chant V
(traduction de Leconte de Lisle)

I - PARIS

Mais moi, qu'ai-je gagné à échapper à la guerre ?

Homère, *L'Odyssée*, chant XXIV

1

Le matin, les bombardements s'interrompent, on en profite pour quitter les abris.

Après une nuit dans l'obscurité, le ciel semble toujours si clair et si pur malgré le nuage de poussière des immeubles effondrés qu'on a du mal à imaginer les avions. Mais on ne s'attarde pas longtemps à le contempler, il y a tant à faire avant que les bombardements ne reprennent. Sans parler des snipers.

Comme chaque matin, la première chose que fait Louis en sortant de la cave est de chercher la tour Eiffel. Sa pointe dépasse derrière l'immeuble d'en-face. Elle est toujours debout.

Pourquoi les bombes l'épargnent-elles ? L'Élysée a été rasé. L'Arc de triomphe est en ruine depuis l'assaut de l'Armée contre les rebelles qui s'y étaient réfugiés. Ces derniers ont mis le feu au Louvre quand ils ont abandonné le centre de Paris. Par chance, les œuvres d'art les plus importantes avaient déjà été mises en sécurité quelque part dans le sud. Avec l'extension du conflit à la province, on les a transportées à l'étranger. Louis ignore où. Dans un pays en paix, imagine-t-il. Un pays prospère où les enfants pensent encore à l'art et à la beauté. Mais la tour Eiffel, on n'y touche pas. Son père lui a expliqué que c'est à cause du symbole.

– Qu'est-ce que c'est, un symbole ? a demandé Emma, la petite sœur de Louis.

– Un symbole, c'est une image ou un objet qui représente une idée. Tout le monde connaît la tour Eiffel. Tant qu'elle est debout, les gens se disent que les choses ne vont pas si mal, que tout peut rentrer dans l'ordre. Évidemment, ils ne diraient pas la même chose s'ils venaient voir…

– Moi, j'aime bien les symboles, a répondu Emma.

Puisque l'endroit semble sûr, les observateurs internationaux et les organisations humanitaires sont installés sur le Champ-de-Mars. Les Parisiens peuvent se faire soigner, recevoir de la nourriture et surtout s'informer. C'est l'unique moyen depuis que seule la télévision d'État émet encore et que plus personne ne croit à ses mensonges. On n'a plus de contact avec l'étranger, les communications sont coupées. Il faut un téléphone satellite mais les parents de Louis et Emma n'en ont pas. Le monde s'est réduit à un horizon d'immeubles qui s'effondrent les uns après les autres.

Chaque matin, leur mère se rend au Champ-de-Mars à pied. Ce n'est pas si loin mais elle en a pour plusieurs heures, à cause des check-points. Elle revient avec quelques nouvelles, de la farine ou des lentilles, du riz, encore et toujours du riz, parfois des boîtes de sardines et ces rations sèches qui méritent bien leur nom. Pour le reste, il faut se débrouiller au marché noir mais c'est très cher.

Elle rentre avant la tombée de la nuit pour éviter les mauvaises rencontres, les bandes de pillards et les meutes de chiens errants, sans parler des soldats qui tirent à vue après le couvre-feu. C'est à cause de tous ces gens qu'on passe les nuits dans une cave.

Louis attend en haut des escaliers, bien à l'abri. Son père est déjà sorti, il sifflera pour les prévenir quand la voie sera libre. Emma et Anne, leur mère, rejoignent Louis. Et aussi Marie et sa fille, Chloé, et les Legrand, le couple qui habite au-dessous de chez eux. Tous ceux qui passent leurs nuits dans la même cave. Ils se serrent tous en haut de l'escalier pour sortir en même temps. Comme ça, si un sniper les attend, il sera obligé de faire un choix.

C'est Thomas, le père de Louis, qui a trouvé ce sous-sol à deux rues de chez eux. C'est celui d'un petit pavillon qui n'a pas résisté aux vibrations des bombes et dont les gravats font une sorte de monticule sous lequel l'escalier de la cave s'ouvre comme un terrier. Thomas a jugé les fondations solides, les autres lui ont fait confiance. Avant la guerre, Thomas était professeur, un scientifique très respecté. Le gouvernement a fermé son université sous prétexte qu'elle était pleine de révolutionnaires. Plus tard, elle a été incendiée.

Au début, ils étaient plus nombreux à se partager la cave, mais certaines familles ne reviennent plus. Emma a demandé pourquoi.

– Ils sont partis.

– Où ?

– Ailleurs.

La conversation a tourné court mais Louis a bien compris que son père ne voulait pas dire à Emma ce qui leur était vraiment arrivé. Les enfants ont laissé dans la cave des jouets auxquels Louis, Emma et Chloé n'ont pas le droit de toucher.

Thomas siffle. Tous courent le rejoindre derrière un pan de mur écroulé, le long du trottoir. C'est le moment crucial. Il faut faire vite. Sa petite valise à la main, Thomas pousse sa famille vers la rue. Ils traversent à toute vitesse la chaussée défoncée, recroquevillés sur eux-mêmes, sans regarder en l'air, en évitant les débris et les flaques noirâtres où brille parfois un éclat rouge dans le soleil du matin.

Les Legrand ont traversé aussi. Marie et sa fille s'élancent mais, au milieu de la rue, Chloé trébuche et s'étale de tout son long. Marie revient sur ses pas pour la relever. C'est une chose à ne pas faire, tout le monde le sait. Si un sniper est embusqué, il a deux cibles faciles. Mais Marie ne peut pas abandonner sa fille.

Emma crie et Louis se cache les yeux. Chloé et lui se connaissent depuis leur naissance. Ils sont un peu amoureux.

Il attend les coups de feu. Rien ne se passe. Chloé les rejoint en boitillant, le pantalon déchiré, le genou en sang. Marie pleure. Pas Chloé. Chloé ne pleure jamais, c'est une chose qui impressionne Louis. Il lève les yeux sur la tour Eiffel, comme pour la remercier de les protéger. Bien à l'abri sous un porche, ils s'embrassent tous. Ils ont eu de la chance. Un genou écorché, ce n'est pas cher payé.

Une nouvelle journée peut commencer dans Paris en guerre.

2

Une fois cette rue traversée, on est plus tranquille. Pas de snipers à craindre dans ces ruelles étroites. Pas de mines non plus, il n'y a plus de combats dans le quartier. On a déminé. Par endroit, de grands trous dans la chaussée rappellent que, pendant plusieurs jours, personne n'a pu sortir de chez soi.

Le petit groupe rentre à la maison en longeant les murs. Ils habitent tous le même immeuble, un bel immeuble haussmannien où il y avait des stores et des fleurs rouges aux balcons, avant. Aujourd'hui, les fenêtres sont condamnées et il y a des traces d'incendie sur la façade criblée de balles. Aux étages du bas, le fer forgé a été arraché. « Pour faire des balles », croit savoir Chloé.

L'ascenseur est en panne depuis longtemps. Au moins, il n'est pas tombé, comme dans l'immeuble voisin. Les enfants avaient l'interdiction de l'utiliser, de peur de rester coincés pendant un bombardement. Sans compter qu'on n'a l'électricité que quelques heures par jour, dans le quartier.

Ils montent les escaliers quatre à quatre. Chaque matin, c'est la même appréhension. D'habitude, tout se passe bien mais, cette fois, arrivé au quatrième étage, Thomas s'arrête net devant l'appartement des Legrand : la porte défoncée est grande ouverte.

– Chut !

Thomas et M. Legrand font redescendre tout le monde à l'étage inférieur avant de s'aventurer dans l'appartement sur la pointe des pieds. Louis remonte prudemment quelques marches pour les épier à travers la rambarde. Au bout de quelques minutes d'angoisse, il les voit ressortir.

– C'est bon, dit M. Legrand, il n'y a personne. Mais ils ont tout pris…

Mme Legrand fond en larme. Depuis le début de la guerre, des pilleurs agissent la nuit. Dans les beaux quartiers les premiers mois, un peu partout maintenant qu'on manque de tout. C'est une chance de n'être pas chez soi quand ils arrivent car ils sont prêts à tout.

– Heureusement que j'avais gardé l'argent sur moi, se force à sourire M. Legrand en consolant son épouse.

Les autres courent à l'étage supérieur. Les portes des appartements de Louis et de Chloé sont intactes.

– On a encore eu de la chance mais ça ne va pas durer, soupire Anne. Il faut partir...

– Pour aller où ? s'agace Thomas.

Ils en ont déjà parlé souvent. Beaucoup de leurs proches l'ont fait. Mais c'était au début, quand on pouvait encore circuler. Aujourd'hui, seuls les chars sillonnent Paris. Les gares sont détruites, à part la gare du Nord qui est réservée aux trains militaires. On ne peut pas s'en approcher. Quant à ce qui se passe hors de Paris, on l'ignore. C'est peut-être pire. Tant de rumeurs courent...

Louis et Emma embrassent Chloé et chacun rentre chez soi, en verrouillant la porte. Par prudence, Thomas a rajouté plusieurs serrures. On se sent un peu plus en sécurité mais pris au piège aussi. Comment on fait si on doit s'enfuir à toute vitesse ? se demande toujours Louis.

L'appartement est plongé dans le noir, toutes les fenêtres sont condamnées. Anne allume une petite bougie.

– Il n'en reste plus que deux.

Thomas ouvre sa valise sur la table du salon. Elle contient les choses importantes qu'ils doivent toujours emporter avec eux : leurs passeports, une somme d'argent liquide, des téléphones portables qui ne servent à rien, une liste de personnes à contacter en cas de malheur, une trousse de premiers soins, quelques bijoux et des objets personnels. Emma récupère sa poupée et Louis son livre. Il n'a droit qu'à un livre chaque soir. Comme sur l'île déserte, lui a dit son père. Louis préférerait s'en aller sur une vraie île plutôt que dans cette vieille cave humide. En ce moment, c'est *Sans famille*.

Les enfants regagnent leur chambre. Ils partagent celle de Chloé depuis qu'un pan de mur est tombé dans celle de Louis à cause d'une roquette. Par le grand trou, on voit Montmartre et les décombres du Sacré-Cœur où s'embusquent des batteries d'artillerie lourde. Les combats ont été violents pour emporter cette position dominante. L'armée la tient désormais et les canons sont braqués sur Paris. Louis aimait la vue de sa fenêtre autrefois, il y avait toujours des chats qui se chauffaient au soleil sur le zinc des toits. Désormais, Montmartre est en ruine et les habitants affamés ont mangé les chats. Hermione, leur petite chatte angora, n'est pas revenue. Anne a expliqué à Chloé :

– Ce n'est plus un endroit pour les chats, ici. Il y a trop de chiens errants. Hermione a dû prendre des vacances dans un endroit calme où on trouve encore du lait dans les magasins.

– Elle reviendra ?

– Bien sûr, quand tout ça sera fini, a répondu Anne, la gorge nouée.

Louis sait que c'est un mensonge. Il trouve que ses parents mentent beaucoup à Emma en ce moment, mais c'est la guerre qui veut ça. Comme pour le Père Noël, il n'a rien dit.

Sur les murs de la chambre, il y a des photos de poneys et des posters de Miraculous. Les affiches de Fortnite de Louis étaient toutes déchirées, comme son drapeau du PSG, et sa Xbox écrasée sous les gravats. Tout ce qu'il a pu récupérer avant que son père ne cloue des planches sur la porte, c'est quelques cartes postales qu'il a collées près de sa tête de lit. Il les collectionnait en souvenir de leurs vacances, elles ont encore plus de valeur maintenant qu'on ne peut plus voyager. Il y a les montagnes de Savoie pour leurs séjours au ski, une plage de la Costa Brava et une vue d'Ithaque qui rappelle l'été qu'ils ont passé en Grèce. Il y a même une carte des pyramides d'Égypte que son oncle Nicolas lui avait envoyée une fois, lorsqu'il avait été invité au Salon du livre du Caire.

Louis se couche. La nuit, dans la cave, il dort mal. La plupart du temps, il reste à l'affût des vibrations qui annoncent les raids aériens et compte les frappes. Il essaye de savoir si elles se rapprochent. Emma se met à coiffer sa poupée. Louis somnole en pensant à Fortnite et Call of Duty, ses jeux préférés, jusqu'à ce que leurs parents entrent, l'air grave. D'habitude, Louis et Emma passent une partie de leurs journées enfermés dans l'appartement. Leur école est fermée, un hôpital y a été installé après que les autres ont été bombardés, soi-disant par erreur.

– Avec ce qui s'est passé chez les Legrand, on ne veut pas prendre le risque de vous laisser seuls. Louis accompagnera papa et Emma viendra avec moi.

– Maman, il y a Marie juste à côté, proteste Louis qui se fait une joie de passer ses journées près de Chloé.

– On ne veut plus se séparer de vous, c'est devenu trop dangereux !

Toutes les serrures du monde ne suffisent plus à se sentir en sécurité chez soi. Le livre et la poupée retournent dans la valise. En quittant l'appartement, Louis a le pressentiment qu'ils n'y reviendront plus jamais.

3

Louis est tout fier d'accompagner son père. C'est la première fois. Il se sent adulte, même s'il ne sait pas où ils vont.

Thomas le tient par la main. Depuis des mois, l'univers de Louis se réduit à la cave et l'appartement. Il ne reconnaît pas son quartier. Il n'y a plus d'espaces verts, les arbres ont brûlé. Les rares voitures sont enfouies sous des monceaux de gravats. Avant, c'était un quartier animé, avec des terrasses de café, des poussettes et des enfants à trottinette dans les rues, et des personnes âgées qui promenaient leur chien dans des squares fleuris.

Après, il y a eu les premières manifestations. Louis ne se souvient plus pourquoi. Tous ces gens qui criaient fort et qui cassaient les vitrines des cafés… Et puis la répression, les charges de CRS, les canons à eau, les lacrymogènes. Et puis les affrontements, les barricades, les incendies et l'armée dans les rues. Les arrestations arbitraires et les rafles. À l'époque, on ne voyait déjà plus de trottinettes et les fleurs avaient été piétinées. Les chars se sont chargés d'écraser tout le reste. Fini les enfants et les personnes âgées, les rues se sont remplies de soldats, de rebelles, de miliciens, de mercenaires et de terroristes. Il y a eu des attentats au Panthéon, à la Grande Mosquée, à Notre-Dame. Et puis les bombardements aériens ont commencé. Et les mines, les snipers, les enlèvements, les exécutions sommaires. Et enfin la cave…

La poussière recouvre tout, le quartier est devenu gris. Louis se demande si le monde entier ressemble à ça, désormais. Sur la place, il ne reste que la carcasse du manège où sa nourrice l'emmenait jouer quand il était petit. Qu'est-elle devenue, cette nourrice ? À part ses voisins, Louis ne voit plus personne. « Il faut se méfier de tout le monde », dit toujours sa mère. Les restes d'un cheval de bois calciné tiennent encore debout. Finalement, ils arrivent devant un immeuble effondré dont les ruines fument encore. Des hommes vont et viennent sur les décombres.

– Ce sont des amis, explique Thomas. Ils recherchent des survivants.

Certains s'arrêtent pour saluer Thomas et passent leur main noire dans les cheveux de Louis. Ils ont tous un certain âge. Louis sait que les jeunes sont enrôlés de force par un camp ou par l'autre. On les oblige à combattre. Ceux qui y ont échappé vivent cachés.

Pourtant, un adolescent s'approche, le visage en sueur couvert de poussière, sauf autour des yeux. On dirait qu'il porte des lunettes. Il est vêtu d'un débardeur et Louis remarque les cicatrices sur ses épaules.

– Tu te rappelles de Maxime ?

Il lui faut quelques secondes pour se souvenir de l'étudiant de son père qui venait faire du baby-sitting chez eux. Il passait son temps à tchater avec des filles sur son smartphone, écoutait du hard-rock très fort dans ses écouteurs et fumait en se penchant à la fenêtre de la cuisine. Une fois, il avait fait tirer une taffe à Louis, qui avait toussé pendant dix minutes. Max n'arrivait pas à s'arrêter de rire. Louis l'adorait.

Max est plus grand, beaucoup plus musclé. Ses cheveux ont l'air gris, peut-être à cause de la poussière, mais il sourit toujours autant, même s'il lui manque des dents.

– C'est pas vrai, le p'tit Louis !

Devant ce grand gaillard avec sa pioche à la main, Louis se sent tout bébé et a un peu honte. Ils se font la bise, Louis se retrouve les joues toutes noires.

– T'es comme nous maintenant, tu peux nous aider !

Toute la journée, ils déblayent des gravats. D'abord, Louis fait le guet.

– Si tu vois des militaires, des hommes armés, n'importe quel danger, tu nous avertis.

Vers 10 h, des chiens errants approchent et Louis donne l'alarme. Tout le monde rit. Louis ne comprend pas pourquoi. Sa mère dit pourtant toujours qu'ils sont dangereux… Après, il préfère se rendre utile et se met à transporter des débris dans une vieille brouette.

À un moment, des hommes crient et tout le monde se rassemble. Max éloigne Louis sous prétexte de boire un peu d'eau. Les fontaines de Paris ont été empoisonnées, on ne sait pas par quel camp, alors l'eau potable est rare. Louis voit tout de même les hommes extraire un corps des décombres et l'emporter sur leurs épaules en poussant des cris.

– T'es devenu un grand, dit Max pour détourner son attention.

– Pas tant que toi. T'as drôlement changé !

– J'ai été enrôlé de force, répond Max. Pas de chance, j'étais au mauvais endroit au mauvais moment. Ils m'ont obligé à me battre. Tu n'imagines pas ce que j'ai dû faire…

Il sent qu'il n'aurait pas dû dire ça et se corrige :

– Heureusement, j'ai fini par m'évader.

Il tend sa cigarette à Louis, qui refuse en faisant la grimace. Max éclate de rire :

– Toujours pas ?

Louis voudrait lui expliquer que lui aussi a changé depuis leur dernière rencontre, mais les hommes ont emporté le corps et le travail reprend.

Toute la matinée, des explosions retentissent au loin. Un grand panache de fumée noire monte du côté du bois de Vincennes. Et puis, en début d'après-midi, Marie arrive, hors d'haleine. Louis prend peur pour sa mère et sa sœur. Et Chloé, où est-elle ?

– Je l'ai laissée avec les Legrand, explique Marie avant de s'adresser à Thomas : des hommes armés sont venus, ils te cherchaient. Il paraît qu'ils arrêtent les intellectuels et les scientifiques.

– Qui c'est ? Des rebelles ou le gouvernement ?

– Comment savoir ?

Depuis longtemps, on ne sait plus qui est qui, ni qui fait quoi. Chaque camp prend un quartier puis le perd, les soldats retirent leur uniforme pour faire accuser les rebelles, les rebelles utilisent des uniformes pour piller en toute impunité, des milices se constituent, par ethnie ou par religion, des comités de défense, et les civils se retrouvent toujours au milieu. Immédiatement, Thomas pense à son frère. Nicolas, l'oncle de Louis et Emma, est écrivain. C'est lui qui conseille Louis dans ses lectures.

– Il faut que j'aille le prévenir, s'écrie Thomas. Maxime, raccompagne Marie et Louis chez moi. Dites à Anne de ne pas s'inquiéter, je vous rejoins ce soir !

Il donne à Louis un baiser sur le front qui fait comme une cicatrice dans la poussière et part en courant. Pour la deuxième fois de la journée, Marie pleure. Mais cette fois, Louis pleure aussi.

4

Ils arrivent à l'immeuble au même moment qu'Anne et Emma. Comme chaque fois qu'elle quitte le quartier, sa mère porte sa longue robe et ses cheveux attachés, parce que certains groupes religieux interdisent le port du pantalon aux femmes.

– Où est ton père ? demande-t-elle, l'air inquiet.

Elle ne lui laisse pas le temps de répondre et explique à Marie ce qu'elles ont vu en allant se ravitailler au Champ-de-Mars. Au pont de la Concorde, entre les grosses bornes anti-bélier, les sacs de sable et les rouleaux de barbelés, les Casques bleus étaient encore plus nombreux que d'habitude. Ils fouillaient tout le monde, les femmes comme les hommes.

– Parce qu'ils ont peur des kamikazes, explique Emma. Moi, je suis pas une kamikaze, je suis même pas japonaise ! dit-elle en tirant sur le coin de ses yeux.

Ils ont fouillé Emma aussi. Les Casques bleus étaient très nerveux. Derrière eux, des gens entraient et sortaient du Parlement en courant.

– Tu sais qu'ils ont mis des tireurs d'élite dans la grande roue ? demande Emma. C'est pas juste, pourquoi eux ont le droit de s'amuser et pas nous ?

Au Champ-de-Mars, Anne a compris ce qui se passait : les organisations humanitaires étaient en train de partir. On chargeait du matériel dans des camions et, de l'autre côté de la Seine, sur le parvis du Trocadéro, des hélicoptères évacuaient le personnel. Le pont d'Iéna était détruit depuis longtemps mais des hors-bords faisaient la navette. Le Casque bleu à qui Anne a demandé des explications était un Népalais qui ne parlait pas un mot de français. Plus loin, des docteurs cubains ont essayé de communiquer par signes. Finalement, une interprète a expliqué qu'une offensive était sur le point d'avoir lieu.

– Une offensive de qui ? a demandé Anne.

– Les rebelles, le gouvernement, la coalition internationale… Est-ce que ça change quelque chose ?

Anne a senti que l'interprète ne lui disait pas tout.

– Une attaque chimique ?

L'autre a baissé les yeux. Depuis le début de la guerre, c'est la grande crainte. Les bombes, les mines, on a l'habitude, on sait quoi faire. Mais le gaz, c'est invisible, ça rentre partout, les murs ne l'arrêtent pas. Il n'y a pas pire.

Malgré tout ce qu'ils ont vécu jusqu'à présent, voilà une leçon qu'il leur reste à apprendre : il y a toujours quelque chose de pire.

Anne et Emma sont reparties à toute vitesse, sans la moindre nourriture.

– Alors, où est ton père ? demande Anne à Louis.

Au moment où il va répondre, les sirènes retentissent.

5

Ils ont dû se réfugier dans la cave. Il y a les Legrand, Marie, Chloé et Maxime.

– Et papa ? demande Emma en pleurnichant.

– Il va nous rejoindre bientôt, la rassure Anne.

Mais Thomas ne vient pas. Toute la nuit, ils l'attendent. Les raids aériens sont plus intenses que jamais, personne ne peut dormir. Les bombes tombent tout près. M. Legrand suppose que c'est la gare du Nord qui est visée.

– Cette fois, Paris sera complètement isolée. Je me demande pourquoi ils font ça…

À chaque impact, les murs tremblent, des débris se détachent des voûtes. Des objets tombent, de vieilles choses oubliées qui rouillaient depuis des lustres. Leur destin était d'être redécouvertes un jour ou de tomber paisiblement en poussière mais la guerre chamboule tout.

Des rats courent le long des murs.

– Ils savent qu'on n'est plus en sécurité ici, dit Mme Legrand.

Son mari lui jette un regard noir. Anne décide d'éteindre la bougie pour ne plus voir les rats. Peine perdue : Louis les sent qui lui frôlent les chevilles.

On patiente dans l'obscurité. Vers le matin, Emma et Chloé s'endorment. Louis veut résister au sommeil pour faire comme Maxime mais lui aussi finit par sombrer.

À l'aube, un grand nuage de poussière recouvre le quartier lorsqu'ils sortent. Ils toussent, leurs yeux piquent. Max montre aux enfants comment se faire un masque de protection avec leur tee-shirt.

L'immeuble d'en-face s'est effondré. Désormais, on voit la tour Eiffel tout entière. Dans la fumée, elle a l'air d'un phare solitaire sur un océan de ruines, mais qui résiste à la tempête. C'est solide, un symbole, pense Louis.

Ce qui n'était pas solide, c'est leur immeuble. En arrivant devant, ils ne trouvent qu'un grand tas de décombres. Seul un mur est encore debout. Des rectangles de couleur rappellent les chambres disparues. À l'emplacement de celle d'Emma, Louis distingue ses cartes postales : bye bye Ithaque… Tout est détruit. Des larmes coulent en silence sur le visage de Marie. Mme Legrand se lamente :

– Qu'allons-nous devenir ?

Son mari grimpe sur les ruines, suivi de Max. Louis insiste pour les suivre, Max lui donne la main. Ils cherchent quelque chose d'intact mais tout est détruit. Des morceaux de meubles et de plancher parsèment les gravats. On trouve quelques vêtements déchirés et même des livres. Louis veut en emporter mais Max dit :

– Seulement les choses indispensables.

Louis pense que c'est indispensable, un livre, mais il n'ose pas contredire Max.

Ils se réunissent tous à l'abri d'un pan de mur pour faire le point. Anne a leurs papiers d'identité, à elle et Emma, mais ceux de Louis sont restés dans la valise de Thomas.

– Il faut retrouver papa, dit Anne.

– Il se cache peut-être chez Nicolas, suggère Louis.

Ils décident d'aller voir.

Nicolas habite Belleville. D'après Maxime, le quartier est aux mains d'un seigneur de la guerre. Il fait du trafic de drogue, vend des armes, tout ce qui rapporte de l'argent. L'armée le laisse faire parce que ses milices tiennent les rebelles à l'écart. Il fait régner sa loi mais, au moins, le quartier est sûr.

Anne, Louis et Maxime suivent le métro aérien. De longs tronçons se sont écroulés mais ce qui reste offre une bonne protection. Des wagons abandonnés pendent en équilibre. De temps en temps, ils entendent des voix au-dessus d'eux et doivent se cacher. Les bandes utilisent les voies pour se déplacer plus rapidement. De là-haut, la position de tir est meilleure.

En passant sur un pont, Louis remarque des corps qui flottent dans le canal. D'autres pendent à des réverbères. On entre sur le territoire du seigneur de la guerre. Au loin, les explosions redoublent de violence.

Finalement, ils arrivent chez Nicolas. Le frère aîné de Thomas porte une courte barbe blanche bien taillée et de grosses lunettes aux verres épais car il voit très mal. Il est en robe de chambre. À la main, il tient un livre. Il a l'air tout étonné de les voir :

– Qu'est-ce que vous faites ici ?

On lui explique la situation mais Nicolas n'a pas vu son frère depuis des jours.

– Où est allé papa, alors ? demande Emma.

Personne ne lui répond.

– D'après Thomas, les intellectuels sont en danger. Tu devrais partir !

– Pour aller où ?

C'est la même question que pose toujours Thomas. La même question que se pose tout le monde. On réalise qu'il faut partir mais on ne sait pas où ni comment. Alors, on se trompe soi-même, on minimise les risques. On se persuade qu'on peut rester et, un jour, on le regrette.

En entendant les cris dans l'escalier, Anne comprend que ce jour-là est arrivé.

– Les voilà !

Des hommes armés montent en courant. Nicolas réagit vite. Il les fait rentrer et verrouille la porte. Ils traversent l'appartement à toute vitesse. Il y a des livres partout, sur tous les murs, du sol au plafond, sur les tables et sur les chaises. Il en a écrit certains mais Louis n'a jamais eu le droit de les lire, ils sont pour les grands. Dans la cuisine, Nicolas ouvre une porte qui donne sur l'escalier de service :

– Vite, descendez !

On entend des coups frappés à la porte d'entrée et des cris. Ils dévalent l'escalier. Max ferme la marche, Louis remarque qu'il a un pistolet à la main.

L'escalier de service donne sur une ruelle déserte. En levant la tête, ils voient de la fumée s'échapper de l'appartement de Nicolas. Leurs poursuivants se sont vengés sur les livres mais, au moins, ceux-ci vont les ralentir. Louis a envie de dire à Max :

– Tu vois que c'est utile, les livres ?

Mais ils reprennent leur course et ne s'arrêtent que devant les ruines de leur ancien immeuble. Les explosions redoublent et des colonnes de fumée noire montent un peu partout. Paris est en flammes.

– L'offensive est imminente, s'écrie M. Legrand sans les laisser reprendre leur souffle. Ils vont raser la ville. Il faut partir !

Cette fois, personne ne pose la question. *Où* n'importe plus. On ne pense pas à *l'après*.

On ne pense qu'à survivre.

Maintenant.

Il faut partir. N'importe où.

II - EN ROUTE

Va ! Souffre de mille maux et erre sur la mer…

Homère, *L'Odyssée,* chant V

1

Ils ont pris la direction du sud. À en croire les rumeurs, des milliers de réfugiés s'entassent à Calais dans l'espoir de passer en Grande-Bretagne. Le gouvernement anglais a ordonné le dynamitage du tunnel sous la Manche. Avec l'extension de la guerre civile à la Belgique, la route du Nord est coupée. C'est toujours de là qu'arrivent les raids aériens de la coalition. Descendre vers le Midi leur a semblé moins risqué.

Ils ont traversé la banlieue en ruine et marché tout droit vers Versailles. Monsieur Legrand y est né, il connaît bien les environs. Dans la vallée de Chevreuse, il espère qu'ils seront plus en sécurité que sur les grands axes routiers. Ils y arrivent à la nuit. Max porte Emma sur ses épaules. Tous sont épuisés, personne ne dit plus rien depuis longtemps. À peine se sont-ils laissé tomber sur la pelouse d'une clairière qu'un éclair illumine le ciel. Ils montent sur une colline. Il fait nuit noire dans la forêt, les villages alentour n'ont plus l'électricité. Au loin, des rafales de lumière strient le ciel.

– La bataille a commencé, murmure Marie.

Des pluies d'étincelles s'abattent sur Paris. À chaque fois qu'elles touchent le sol, c'est comme une éruption incandescente. La ville-lumière n'a jamais aussi bien porté son nom qu'au moment où elle va disparaître. De longs traits brillants montent lentement vers le ciel. À cette distance, on n'entend rien, c'est comme regarder la télé sans le son. Nicolas a été le premier à s'asseoir, comme pour mieux profiter du spectacle. Il murmure :

– Dans toute l'histoire, Paris n'avait jamais été bombardée…

Chacun pense à la même chose : aux rues en flammes, aux monuments détruits, aux gens qu'ils connaissent, terrés dans les abris. Et surtout, au père de Louis et Emma. Personne ne dit rien pendant longtemps, la bataille se poursuit en silence, et soudain Max murmure :

– Oh, la belle jaune !

– Pourquoi tu dis ça ? demande Chloé.

– On dirait un feu d'artifice.

Personne ne répond. Mais soudain, Emma répète :

– Oh, la belle jaune !

Et elle rit. Alors, tous se mettent à répéter : Oh, la belle jaune !

– C'est nul, il n'y a que des jaunes, remarque Emma au bout d'un moment.

– On n'a qu'à dire qu'il y a d'autres couleurs, propose Louis.

– Bonne idée, dit Chloé. On n'a qu'à dire que c'est le feu d'artifice du 15 août et qu'on est au bord de la mer. Tout ça, dans le noir devant nous, c'est la mer. Et là-bas, sur un bateau, il y a des gens qui lancent des feux d'artifice !

– Oh, la belle rouge ! dit Mme Legrand.

– Oh, la belle verte ! dit son mari.

Louis peut sentir les sanglots dans leur voix mais Emma a l'air de s'amuser et il est content pour elle. Soudain, dans une explosion plus forte que les précédentes, il aperçoit la silhouette noire de la tour Eiffel. Il se souvient de l'époque où elle scintillait toutes les heures. Le faisceau lumineux du sommet devait porter jusqu'ici, même plus loin. Impossible de se perdre, on savait toujours où était la capitale. Désormais, la tour est éteinte et on fuit Paris.

Louis frissonne. Il est assis tout près de Chloé, la chaleur de son corps fait du bien. Ils se couvrent avec la robe de chambre que Nicolas n'a pas eu le temps d'enlever dans sa fuite. Emma s'endort la première sans attendre le bouquet final.

Ils reprennent leur marche tôt le matin. Le ciel est gris, on ne voit plus Paris. De toute façon, personne n'ose regarder. Mme Legrand a retrouvé des raviolis en conserve dans les décombres de leur immeuble, ils les mangent froids.

Une heure après leur départ, ils entendent klaxonner derrière eux. Un camion arrive sur la route qu'ils suivent. C'est le premier véhicule qu'ils croisent.

Que faire? Que fait-on quand on s'enfuit d'une ville en guerre? Aucun d'entre eux ne le sait. Anne n'a cessé de répéter: «Il faut se méfier de tout le monde.» Mais le camion arrive vite, il les a rejoints avant qu'ils n'aient pris une décision. Max cache son pistolet dans son dos, tous retiennent leur souffle.

Le chauffeur est seul. Il se penche pour ouvrir la porte passager, les dévisage un par un et finit par dire:

– Si vous voulez, je vous avance jusqu'à Vendôme. Les routes ne sont pas sûres…

On dirait une menace.

– Qu'est-ce qu'il y a à l'arrière? demande Max d'un ton dur.

– Rien, j'ai déchargé à Paris.

– En plein bombardement?

– Le meilleur moment pour éviter les barrages!

Max a l'air de se détendre. Il se retourne vers les autres:

– Il fait de la contrebande. Ces gars-là s'approvisionnent en province et revendent au marché noir à Paris. C'est pas des saints mais il y a pire. Il nous fera éviter les barrages. Je monte devant avec Louis, les autres derrière.

Louis se sent tout fier d'aller devant mais il ne tarde pas à le regretter : le type conduit comme un fou, ses vêtements sentent mauvais et il fume cigarette sur cigarette. Sans compter qu'il a un fusil par terre qui tape dans les pieds de Louis à chaque virage. Louis a beau se dire que c'est un contrebandier comme Han Solo dans *Star Wars*, il n'est pas rassuré, d'autant que le type ne quitte jamais la route des yeux et ne dit rien, sauf quelques mots sinistres quand Max lui demande des nouvelles de Paris :

– Vous avez bien fait de partir…

Au premier arrêt, juste après Châteaudun, Louis échange sa place avec M. Legrand. Derrière, il fait sombre et doux. Mme Legrand s'est endormie. Chloé a l'air en colère. D'abord, Louis ne comprend pas pourquoi, avant de réaliser qu'elle lui en veut de les avoir laissées seules. Il rougit. Est-ce que c'est ça que Chloé attend de lui, qu'il les protège ? Bien sûr, il se sent flatté mais il a aussi un peu honte, parce qu'il vient d'avoir peur du conducteur et qu'il n'est pas sûr d'être à la hauteur…

Tout penaud, Louis va s'asseoir près de son oncle. Malgré la pénombre, Nicolas lit un livre qu'il tient tout près de ses grosses lunettes. C'est celui qu'il lisait quand ils ont fait irruption chez lui pour trouver Thomas et qu'il a gardé à la main pendant leur fuite.

– Qu'est-ce que tu lis ?

Nicolas lui montre la couverture : *La Croisade des enfants.*

– De quoi ça parle ?

Depuis tout petit, Louis adore que son oncle lui raconte des histoires. C'est réconfortant de l'écouter parler :

– De milliers d'enfants qui seraient partis délivrer Jérusalem, au Moyen Âge.

– C'étaient des chevaliers ?

– Non. Ils étaient pauvres et marchaient à pied.

– Jusqu'à Jérusalem ? Ils sont fous ! Pourquoi ils ont fait ça ?

– Ils ont répondu à l'appel d'un jeune berger qui disait avoir reçu un ordre divin. C'est drôle, on doit passer en ce moment près du village où il était né, ce berger. D'ailleurs, on suit exactement la route de la croisade.

– Nous aussi, on va aller conquérir un pays ? demande Emma qui a tout écouté.

– J'ai bien peur que nous n'allions rien conquérir du tout. Nous aurons déjà de la chance si quelqu'un veut bien nous accueillir quelque part…

2

Le camion les dépose sur un parking de supermarché désert à la sortie de Vendôme. Max et le conducteur examinent les quelques voitures abandonnées pendant qu'Anne emmène Louis et Chloé à l'intérieur.

– Soyez prudents là-dedans, les avertit le conducteur.

À part de rares néons qui clignotent, le magasin est plongé dans la pénombre. Partout, des caddies sont renversés. Quelques rats détalent à leur approche. Ils cherchent quelque chose de comestible mais tout a été pillé depuis longtemps. Chloé décide de se faufiler sous les rayonnages. Bien obligé, Louis la suit, un peu inquiet à l'idée de tomber sur un rat. Finalement, il trouve un paquet de biscottes fermé. Il revient tout fier de lui mais

Chloé l'attend avec une grosse bouteille de Coca-Cola.

Du Coca !

Il n'en a pas bu depuis le début de l'embargo. Louis n'a jamais compris pourquoi les bateaux bloquaient les ports français. Ils n'étaient pas d'accord avec le gouvernement ? Son père non plus, alors pourquoi leur coupait-on les vivres ? Est-ce que ça allait arranger les choses que les gens ne boivent plus de Coca ni d'autres bonnes choses comme ça ?

Chloé sourit. Louis a envie de l'embrasser.

– On la goûte ?

– Attends, on va partager avec tout le monde !

Chloé est généreuse, c'est une chose que Louis adore chez elle.

Emma écarquille les yeux en voyant la bouteille. Le camion a disparu mais Max est assis au volant d'un monospace. Les vitres sont cassées mais le moteur tourne. Il les rejoint :

– Il m'a montré comment démarrer sans clé de contact. Faut encore que je siphonne de l'essence dans les autres voitures.

– Regarde ce qu'on a trouvé. Tu en veux ?

– Parfait pour me laver la bouche !

À l'époque, on disait que le Coca était très mauvais pour la santé. Qu'on pouvait dissoudre des pièces de monnaie dedans. Anne ne voulait pas qu'ils en boivent mais, aujourd'hui, bien sûr, elle ne dit rien. Elle y goûte, même, pour la première fois. Emma et Louis n'en croient pas leurs yeux !

La bouteille est posée sur le capot d'une voiture, ils se tiennent tout autour. On dirait une cérémonie. Marie sert avec précaution dans des gobelets en carton trouvés dans une machine à café défoncée. Ils boivent en silence le Coca tiède, comme les adultes font avec du vin très cher. Ce Coca n'a pas un goût de Coca : il a un goût de joie et de paix, un goût de passé heureux, d'anniversaire en famille, de goûter avec les amis. Un goût de vie normale, toute simple et toute bête, avec des bulles et qui fait mal aux dents.

Après, ils s'attaquent aux biscottes et Max déplie sur le capot une carte qu'il a trouvée dans le monospace.

– Et maintenant, dit-il. On va où ?

Personne n'en a la moindre idée. Ils sont partis parce qu'ils n'avaient pas le choix mais, au fond d'eux-mêmes, ils espèrent encore que ce sera temporaire, juste le temps que les choses se calment. Aucun n'envisage la vie autrement que ce qu'elle a toujours été, encore moins sans Thomas.

– Il faut retourner à Paris chercher papa, dit Louis.

Il regarde sa mère, qui détourne le regard, puis son oncle, dont les petits yeux restent immobiles derrière ses grosses lunettes, à le fixer avec intensité. Louis comprend qu'on ne rebroussera pas chemin.

– Mais… Et papa ? On ne peut pas…

Sa voix se brise.

– Retourner à Paris, c'est du suicide, dit M. Legrand.

– Thomas est sans doute parti aussi, dit Max. Personne n'a pu rester après les bombardements d'hier. Il va essayer de nous rejoindre, c'est sûr.

Emma se met à gémir :

– Je veux papa…

Anne dévisage Louis. Il sait ce que ce regard veut dire : il faut qu'il soit fort pour sa petite sœur. Malgré la grosse boule dans sa gorge, il dit :

– Et si on semait des miettes de pain comme le Petit Poucet ? Pour qu'il nous retrouve…

Emma s'essuie les yeux :

– On n'a pas de pain.

– Mais on a des biscottes, répond-il en lui tendant la sienne.

Elle sourit en reniflant.

– Il vaut mieux des petits cailloux pour ne pas que les oiseaux les mangent. Et puis, on devrait garder les biscottes pour nous, on n'a pas beaucoup à manger.

– Viens, on va en chercher.

Anne couve ses enfants d'un regard tellement triste et tellement plein d'amour que Louis faillit pleurer pour de bon.

Nicolas propose :

– On pourrait continuer à suivre la route de la croisade. C'est peut-être un signe du destin…

Nicolas croit à ce genre de chose : au destin, aux forces de l'esprit, aux miracles. Son frère se moque souvent de lui.

– Ils sont allés où, après ?

– Ils ont suivi la Loire jusqu'à Lyon, et puis le Rhône jusqu'à Marseille, où le berger leur avait promis que la Méditerranée s'ouvrirait pour les laisser marcher jusqu'en Terre sainte.

– Et elle s'est ouverte ?

– Le berger n'était pas Moïse…

– Alors qu'est-ce qu'ils ont fait ?

– Ils ont trouvé des bateaux. Deux ont fait naufrage sur les côtes de Sardaigne et les marins des autres ont enfermé les enfants dans les cales en cours de route, avant de les vendre en esclaves aux Arabes…

– Super ! grimace Chloé.

– Et tu veux qu'on suive leurs traces ? s'exclame Louis.

Nicolas fait la moue.

– De toute façon, il y a le blocus. On ne pourra pas quitter Marseille par la mer, intervient M. Legrand. Et il y a peu de chances qu'elle s'ouvre pour nous…

On décide finalement d'aller en Espagne. Anne a des cousins qui ont quitté la France au début du conflit pour se réfugier à Valence. La situation était déjà difficile pour beaucoup de gens à cette époque-là. Les campagnes servaient de base arrière aux rebelles, ils forçaient les agriculteurs à donner une part de leur récolte, soi-disant pour leur protection. Mais quand les militaires venaient, ils mettaient le feu aux fermes de ceux qui fournissaient les rebelles. Comme les cousins d'Anne, beaucoup de gens ont dû fuir. À l'époque, l'Union Européenne existait encore, on pouvait passer facilement d'un pays à l'autre.

On pouvait même partir en vacances sur la Costa Brava…

3

Ils s'entassent dans le monospace. Max conduit. M. et Mme Legrand se serrent à côté de lui. Derrière, Nicolas, Marie et Anne, avec Emma sur ses genoux. Et puis Chloé et Louis dans le coffre. Emma voulait y aller aussi mais Louis s'est cogné très fort la tête au premier virage et elle n'a plus rien dit. La pluie s'est mise à tomber. Au bout d'un long moment, Nicolas soupire :

– Puisque la route de la croisade nous est interdite, nous suivrons celle de l'exode…

– Encore les Hébreux ? Je croyais que Moïse les faisait fuir d'Égypte, dit Chloé.

– C'est quoi les Zébreux, demande Emma. C'est comme les Zébus ?

– Il parle de l'exode pendant la seconde guerre mondiale, dit Marie. Vous n'avez pas étudié ça au collège ?

– Heu…

– En 1940, quand l'armée allemande a attaqué, des millions de personnes se sont enfuies vers le sud. Presque un quart de la population française à pied sur les routes !

– Comme moi, dit M. Legrand en se retournant. J'étais dans le ventre de ma mère, je connais le chemin ! s'exclame-t-il en riant.

– La plupart des gens fuyaient à pied, ajoute Mme Legrand, qui est plus jeune que son mari. Les plus chanceux avaient un vélo ou une brouette pour transporter leurs baluchons, parfois une charrette qu'ils tiraient eux-mêmes, et les enfants devaient pousser…

– Vous n'entendez rien ? demande Anne.

Tout le monde se tait. Un moteur vrombit quelque part. Max jette un coup d'œil aux rétroviseurs : rien sur la route. Mais Louis s'écrie :

– Un avion !

Il vole bas en longeant la route, derrière eux. Max freine très fort et Louis se cogne à nouveau la tête.

– Cachez-vous sous les arbres !

Les portes s'ouvrent et tout le monde part dans tous les sens.

Chloé et Louis se jettent par la fenêtre du hayon.

L'avion siffle horriblement.

Ils sautent par-dessus le fossé et foncent à travers champs, tête baissée.

Au moment où ils se jettent dans les fourrés, le tac-tac-tac des mitrailleuses commence. Des morceaux de bitume se détachent de la route, deux par deux, comme si une créature invisible bondissait à pieds-joints vers la voiture, une créature très dangereuse et très rapide. Comme Alien dans le film, pense Louis. Les balles atteignent le monospace qui crisse et crépite et ses pneus crèvent et ses portières tombent et son moteur explose dans une gerbe de flammes. On n'échappe pas à Alien ! L'avion continue tranquillement sa route, en quête d'autres proies.

Louis et Chloé se regardent. Leur visage et leurs mains sont couverts de boue.

– Tu saignes, dit Chloé en touchant le visage de Louis.

Il s'est ouvert le front quand Max a freiné.

– Et tes vêtements sont tout déchirés, dit Louis.

Il restait des bouts de verre sur le bord de la fenêtre du hayon.

– Qu'est-ce qu'on va faire ? demande Chloé.

Louis hésite avant de répondre :

– N'aie pas peur, je suis là !

Chloé sourit. Est-ce qu'elle se moque ? Louis ne s'est pas trouvé très crédible, il a un peu honte. Il ne manquerait plus que les autres l'aient entendu…

Il regarde autour de lui. Personne dans les fourrés. Ouf !

– Où sont-ils tous ? demande Louis. J'espère que l'avion n'a blessé personne…

– Non, ils étaient déjà à l'abri. Ils doivent se cacher de l'autre côté de la route. Et puisqu'on est tout seuls…

Et elle donne à Louis un baiser sur la joue, là où il n'y a ni sang ni boue.

4

Ils sortent de la forêt en même temps que les autres. Mme Legrand boite, elle s'est foulé la cheville. Son mari la soutient. Anne essuie le front de Louis dans l'eau d'une flaque et lui fait un bandage avec une manche de chemise.

– Le monospace est fichu, dit Max. Il faut marcher. Tours n'est plus très loin.

Alors ils marchent. Ils vont très lentement, à cause de Mme Legrand. Et aussi parce qu'à chaque bruit de moteur, il faut se cacher dans le fossé. Personne ne se sent plus le courage d'aborder une autre voiture et les rares qui les dépassent à toute vitesse n'ont de toute façon pas l'air de vouloir s'arrêter.

Ils arrivent à Tours au crépuscule. La ville semble calme. Les volets sont clos et les rideaux des boutiques baissés. Plusieurs ont été défoncés. Il règne un silence angoissant. Des barricades désertes bouchent encore certaines rues. Les quelques passants qu'ils croisent les dévisagent d'un air suspicieux.

– Ils n'ont quand même pas peur de nous ? s'exclame Chloé.

– Ils sont comme maman, ils se méfient de tout le monde, répond Louis.

Finalement, un groupe d'hommes débouche d'une ruelle. Ils sont armés et portent des uniformes faits de bric et de broc.

– Police !

Celui qui semble être le chef montre un insigne cousu sur son blouson d'aviateur. Avec sa longue barbe noire et son casque de moto, il ne ressemble pas du tout à un policier. Sans compter que la police a été dissoute quand l'armée a pris le pouvoir.

– Papiers !

Par malheur, le passeport de Louis est resté dans la valise de Thomas.

– On l'embarque ! dit le chef. Les autres peuvent partir.

Et il attrape Louis par le bras.

– Non ! s'écrie Anne. Vous n'avez pas le droit !

Max veut s'approcher mais les prétendus policiers braquent leurs armes sur lui.

– J'ai le droit, dit le chef à Anne. J'ai même tous les droits. C'est comme ça, maintenant. Si vous n'êtes pas contents, allez porter plainte !

Ses acolytes pouffent de rire. Louis se débat mais le chef le tient fermement. Il semble soudain avoir une idée :

– Ou alors, on pourrait trouver un arrangement…

M. Legrand comprend immédiatement.

– J'ai de l'argent, dit-il.

– Montrez !

M. Legrand sort son portefeuille de sa poche intérieure. Il en tire une liasse de billets.

– Combien ?

Sans répondre, le chef lui arrache la liasse des mains.

– C'est tout ce que nous avons ! proteste Mme Legrand.

– Vous êtes encore en vie… Par les temps qui courent, c'est déjà bien. Et puis vous avez des jeunes gens bien portants. Vous pouvez en tirer un bon prix !

Et il pousse violemment Louis vers Anne.

– Il va falloir être plus prudents, grogne Max une fois qu'ils sont partis.

– Comme toujours, c'est maman qui avait raison, soupire Emma.

Anne serre Louis dans ses bras.

– Merci, M. Legrand. Désolé qu'ils vous aient tout pris…

Comme toujours dans les moments difficiles, M. Legrand sourit :

– Vous me prenez pour qui ? J'ai caché le reste mais je ne vous dirai pas où !

Tout sourire elle aussi, Mme Legrand leur fait un clin d'œil en désignant son décolleté. Ils rient tous, et c'est bon.

Ils gagnent la Loire. Le vieux pont de pierre a été dynamité. À côté, on a installé un bac relié aux deux rives par des cordes. C'est un des rares points de passage, voilà pourquoi ils décident de laisser une lettre à Thomas dans une fissure du parapet, juste au-dessus de l'embarcadère. Le premier des cailloux du Petit Poucet. De nombreuses lettres suivront, cachées sous des pierres, clouées sur des arbres, dans des bouteilles à la mer, des lettres écrites sur différents papiers trouvés en chemin, des lettres qui diront des choses toutes simples comme « tu nous manques » ou « n'oublie pas ma poupée », et aussi des choses plus compliquées qui ont à voir avec la croisade des enfants, des messages codés avec des allusions que seuls Louis et Emma peuvent connaître, pour que Thomas soit bien sûr que les lettres sont d'eux, pas d'un espion ennemi, et des post-scriptum d'Anne qui commencent toujours par « mon chéri » et qu'elle ne finit jamais sans les yeux qui brillent.

Ils traversent. Tous entassés, hommes, chèvres et chiens. Il y a même une vache toute maigre. M. Legrand a payé leur passage. Il soupire :

– À ce rythme-là, il ne nous restera rien en Espagne…

Emma demande :

– On ne pourra pas acheter de churros ?

Tout le moins rit. L'idée des churros, de bons churros tout chauds, bien croquants, poisseux d'huile et couverts de chocolat fondu, semble déplacée au milieu de ce paysage de ruines, parmi ces gens apeurés qui les dévisagent d'un air réprobateur. Comment peut-on rire alors que la guerre ravage le pays ?

À l'avant du bac, des hommes tirent sur les cordes. À l'arrière, d'autres poussent sur de longues perches. On a l'impression d'être revenu au Moyen Âge. Peut-être que les enfants de la croisade ont traversé la Loire comme ça ?

Dans le fort courant, le bac tangue et percute un des tronçons de pont tombés dans le fleuve. Une chèvre bascule et disparaît dans les remous. Son propriétaire se met à crier contre les bateliers, une bagarre est sur le point d'éclater.

Le bac tangue encore plus, les enfants s'agrippent à tout ce qu'ils trouvent, tout le monde hurle. Mais comme personne n'a envie de mourir noyé, chacun retourne finalement à sa place.

Jusqu'ici, on pouvait se cacher dans une cave ou sous les arbres en cas de danger, mais sur l'eau, nulle part où se réfugier. C'est une sensation nouvelle que de se sentir irrémédiablement exposé. Il faudra s'y habituer…

– Plus que quelques kilomètres et nous franchirons la ligne de démarcation, dit Nicolas une fois qu'ils sont au sec.

– C'est quoi ? demande Emma.

– Pendant la guerre, c'était la frontière entre la zone occupée par les Allemands et la zone libre, explique Mme Legrand.

– On sera à l'abri une fois qu'on l'aura passée ?

– Personne n'est plus à l'abri dans ce pays, soupire Nicolas. Je crains que notre ligne de démarcation à nous ne se trouve beaucoup plus loin…

– Et le pire, ajoute Max, c'est qu'on ne sait pas où !

5

Les semaines suivantes, ils sont constamment en route, en voiture quand Max parvient à en faire démarrer une, le plus souvent à pied, qu'il pleuve ou qu'il vente. Ils dorment où ils peuvent, dans leur véhicule, dans des granges ou simplement sous les arbres. Pour manger, ils trouvent parfois des fermes encore habitées où acheter un peu de nourriture. Il faut la payer très cher mais ils n'ont pas le choix. Tout le monde essaie de s'en sortir et le pouvoir appartient à ceux qui ont quelque chose à vendre. Souvent, on les chasse avant même qu'ils puissent quémander. Une fois, on leur a tiré des coups de fusil de chasse depuis une fenêtre. Max marchait devant, il a été blessé à l'épaule. Il a fallu lui enlever les plombs et laver ses blessures. Louis a pu mieux voir les cicatrices dans son dos, les traces des coups de fouet qu'il a reçus pour l'obliger à combattre. Mais, la plupart du temps, les fermes qu'ils rencontrent sont abandonnées, les champs brûlés alentour, ils doivent se contenter de champignons ou de baies ramassés dans les bois.

La cheville de Mme Legrand a enflé. Son mari la transporte dans une brouette que Louis a dénichée dans une grange. Nicolas le relaie. Au début, Max aussi, mais après le coup de fusil, il ne peut plus rien soulever de lourd. Ils sont sales et ne se lavent qu'aux rivières. Chloé porte constamment la robe de chambre de Nicolas parce que ses vêtements sont déchirés.

Un jour, pendant qu'ils se reposent près de Limoges, Louis dit à son oncle que ce qui lui manque le plus, ce n'est pas d'être propre ou de bien manger, c'est de lire. Il a lu et relu *La Croisade des enfants*, qu'il trouve triste parce que personne ne prend le parti de ces pauvres gamins, ni le roi ni le pape, et qu'ils finissent réduits en esclavage loin de chez eux. Max le regarde l'air de dire : il est devenu fou !

Finalement, ils atteignent la frontière espagnole. Les derniers jours, il a fallu presser le pas. La nuit, on entendait le fracas des bombes. Plusieurs escadrilles de bombardiers les ont survolés. Une fois, près de Gaillac, ils ont passé la nuit dans une prison à l'abandon pour laisser passer une colonne militaire.

Nicolas a expliqué :

– Au début de la dernière guerre, il y avait un camp de réfugiés, ici. Surtout des Belges, des Polonais et des Allemands antifascistes. Après, c'est devenu un camp d'internement pour étrangers politisés, ceux qu'on appelait les « indésirables ». Et finalement, un camp de concentration pour femmes. Beaucoup ont fini à Auschwitz…

Des gens rencontrés sur la route leur ont dit qu'on se battait à Toulouse. À la fin ils étaient nombreux à se presser vers l'Espagne. On ne se sentait plus aussi seul qu'au début mais ce n'était pas vraiment un réconfort.

Un haut grillage surmonté de barbelés s'étire le long de la frontière. On voit des caméras et des miradors de loin en loin. Derrière le grillage, des tranchées le long desquelles des militaires patrouillent avec leurs chiens. On ne peut passer qu'à un étroit check-point au milieu de l'ancienne autoroute. Devant, de grosses bornes en béton. Dans des guérites, de part et d'autre, des nids de mitrailleuses. Derrière les barrières, un officier avec un porte-voix s'adresse à la foule qui se presse du côté français, des centaines de personnes qui brandissent des papiers en criant, qui s'agrippent au grillage pour appeler les soldats, ou tout simplement assises par terre, épuisées par la fuite. Parfois, un soldat s'avance et frotte sa matraque le long du grillage pour que les gens lâchent prise.

Ça crie, ça court, ça se bouscule, personne ne comprend rien à ce que l'officier gueule dans son porte-voix. On ne sait même pas en quelle langue il parle…

À droite, on distingue les Pyrénées enneigées. À gauche, la Méditerranée scintille. Partout ailleurs, la saleté et la misère.

Des humanitaires passent parmi la foule pour distribuer de la soupe chaude. Marie s'adresse à une jeune fille qui a l'air de parler français :

– On ne peut pas passer ?

– La frontière est fermée. Les combats à Toulouse ont provoqué un afflux de réfugiés. Le gouvernement espagnol n'est pas préparé à les accueillir.

– Qu'est-ce qu'on est censé faire, alors ?

– Vous pouvez attendre ici mais ils ne vont pas rouvrir la frontière de sitôt. Beaucoup d'autres gens vont arriver dans les jours qui viennent. Et puis vous avez besoin de soins, ajoute-t-elle en désignant Mme Legrand. Il y a un camp de réfugiés sur la plage, vous devriez y aller avant qu'il ne soit plein.

– Si j'avais su, j'aurais pris mon maillot de bain, soupire Emma.

Ils redescendent vers la mer.

– Comment ça s'appelle, ici ?

– Cerbère, dit Nicolas.

– Comme le monstre qui garde les Enfers ? C'est de bon augure…

Sur la plage, on distingue des baraquements entourés de barbelés. Sans ça, le paysage serait magnifique. Le ciel est clair, on voit loin sur la mer, l'air froid donne à tout une sensation de pureté. La première chose qu'ils remarquent en approchant le camp, c'est l'odeur.

Après des heures d'attente, on enregistre leurs nom, prénom et adresse à l'entrée, après quoi ils passent à la fouille. Beaucoup de gens arrivent armés et, comme de l'alcool circule dans le camp, les bagarres deviennent meurtrières. À l'insu d'Anne, Max cache son pistolet dans le sac à dos d'Emma, parce qu'on ne fouille pas les petits.

– N'écrase pas ma poupée !

L'odeur qu'ils ont perçue provient des latrines. Devant l'afflux de réfugiés, les quelques cabines chimiques installées par les ONG ne suffisent plus. Les gens se soulagent tout autour et aussi dans le ruisseau qui passe derrière.

Marie s'écrie :

– Hors de question que je reste ici une minute de plus !

Ils resteront cinq mois.

6

Les premiers jours, on les laisse ensemble. Mais de nouveaux réfugiés affluent sans cesse et la situation dans le camp devient intenable. Aux distributions de nourriture, Chloé et Emma se font voler leur ration dans la cohue. Les gens se bousculent sans considération pour les enfants ni pour les personnes âgées. M. Legrand dort en serrant contre lui le sac qui contient leur argent. Une nuit, il a senti quelqu'un le tirer, il s'est mis à crier et le voleur s'est enfui en marchant sur Louis. Depuis, ils veillent à tour de rôle.

Finalement, des Casques bleus arrivent et réorganisent le camp. Une partie pour les hommes, une autre pour les femmes et les enfants. M. et Mme Legrand refusent, ils disent qu'ils ne se sont séparés qu'une seule fois en trente ans, quand M. Legrand a été opéré de son cancer. Mais on ne leur donne pas le choix et ils doivent se contenter de se tenir la main à travers les barbelés.

Il se met à faire très froid. L'hiver approche. Faute de vêtements chauds, des couvertures ont été distribuées, on les porte sur les épaules toute la journée. Plusieurs personnes succomberont dans les mois à venir, on les retrouvera le matin toutes raides sur leur lit de camp.

Chaque jour, les adultes vont aux nouvelles mais la frontière reste inexorablement fermée.

Ils pourraient partir mais pour aller où ? À Paris comme au camp, la question est toujours la même. Au moins, ils ont à manger et un endroit où dormir.

Max s'est procuré un vieux téléphone. Régulièrement, ils essaient d'appeler Thomas mais la ligne est coupée. On ne peut même pas laisser de message.

Il y a beaucoup d'enfants dans le camp, Louis se fait des amis. Ils jouent au foot, organisent des poursuites et inventent toutes sortes de jeux qui se terminent souvent dans les pleurs. L'attente rendant tout le monde nerveux, ils se font souvent gronder, les mères prennent la défense de leur enfant et ce sont les adultes qui finissent par se battre.

Des bandes rivales se sont constituées par baraquement. Louis fait partie de celle d'un certain Pierre, un garçon très grand et très fort pour son âge. Louis trouve qu'il ressemble à Max : c'est faux mais Max manque à Louis depuis qu'ils sont séparés. Ils se voient rarement. Max semble toujours occupé à des choses dont il ne veut pas parler.

Alors, Louis se tourne vers Pierre. Le garnement abuse de son influence. Il pousse Louis et les autres à mal se comporter. Ils volent même de la nourriture aux plus jeunes. Pierre explique :

– On nous en a bien volé, à nous. Pourquoi on ferait pas pareil ?

Quand Chloé s'en aperçoit, elle se met en colère contre Louis :

– Pourquoi tu fais ce que te dit cet imbécile ?

– C'est pas un imbécile, c'est mon ami !

– Ton ami ? Un ami, ça ne fait pas faire des choses pareilles ! Tu serais content si une autre bande volait la nourriture d'Emma ?

Louis baisse les yeux et bredouille :

– Mes amis m'aideraient à la défendre…

Chloé éclate de rire :

– Louis, c'est moi ta seule amie, ici !

Elle a raison mais c'est une fille. Louis l'aime beaucoup, il n'a pas oublié le baiser sur sa joue mais il se sent seul. Il a besoin d'être avec des garçons comme lui. C'est de son âge.

Comme il ne sait pas quoi répondre, il se contente de hausser les épaules. Chloé prend un air grave :

– Ton père ne serait pas fier de toi…

– Je t'interdis de parler de mon père !

Et il part en courant pour qu'elle ne voie pas ses larmes. Après, ils ne se parlent plus pendant des jours et Louis se sent encore plus seul qu'avant. Finalement, un incident grave se produit. Parmi les enfants, il y a un jeune Rom. Mateo a grandi en France mais parle à ses parents dans leur langue. Ils ont dû fuir Lyon après le début des persécutions. Un jour, la bande de Pierre s'en prend à lui. Ils le coincent dans un coin et accusent son père de voler de la nourriture. Ils le traitent de voleur et aussi d'assassin, parce que la Roumanie participe aux bombardements de la coalition. Quand Mateo veut défendre son père qui n'est même pas roumain, les autres se mettent à le tabasser. Résultat, il passe plusieurs jours à l'infirmerie du camp.

Quand Anne l'apprend, elle prend Louis entre quatre yeux :

– Tu y étais ? Tu l'as tapé aussi ?

Louis fait non de la tête mais sa mère voit bien qu'il ment. Elle le dévisage en mettant dans ses yeux toute la déception dont elle est capable. Louis se sent misérable. Il sait parfaitement ce qui va se passer ensuite : Anne ne lui adressera plus la parole pendant des jours, elle ne le regardera même pas. Ce sera comme s'il n'existait plus pour elle. Depuis qu'il est tout petit, rien ne fait plus mal à Louis que ce mépris silencieux.

Mais auparavant, elle le traîne par le bras, devant tout le monde, jusqu'aux barbelés. Max l'attend, l'air grave :

– T'es dingue ! Qu'est-ce qui t'a pris ?

Même si Max a vécu beaucoup de choses très dures, il reste un adolescent qui ne sait pas trouver les mots. Sans compter que Louis lui en veut de le délaisser. Au fond, il pense que c'est de la faute de Max s'il s'est laissé influencer par Pierre. Il hurle :

– Fiche-moi la paix, t'es pas mon père !

Et il éclate en sanglots.

Finalement, c'est Nicolas qui lui parle. Un soir, ils marchent ensemble le long de la clôture, de part et d'autre des barbelés, tout doucement. Nicolas a un paquet sous le bras, enveloppé dans du papier journal.

– Tu sais qu'il y a déjà eu un camp ici ?

Louis ne répond rien. Il sait que Nicolas veut lui parler de Mateo mais qu'il n'y arrivera qu'après de longs détours par la littérature ou l'histoire, comme toujours.

– C'était au début de la seconde guerre mondiale. On y enfermait les Espagnols qui fuyaient la dictature.

– Les mêmes qui nous empêchent de passer aujourd'hui ?

– On peut dire ça comme ça.

– C'est bizarre, non ?

– C'est comme ça, l'histoire. Une fois c'est dans un sens et une fois dans l'autre. On ne sait jamais à qui ce sera le tour la prochaine fois…

Ils ne disent rien pendant quelques minutes. Arrivés au petit cimetière du camp, tout au bout de la plage, ils rebroussent chemin. Il n'y a que quelques croix en bois dont certaines ne portent qu'un prénom, mais personne n'aime s'en approcher. C'est triste de finir comme ça, dans un trou dans le sable que la mer emporte…

Louis commence à voir où Nicolas veut en venir. Il demande finalement :

– Pourquoi on ne les laissait pas passer s'ils fuyaient la dictature ?

– Voilà une bonne question ! La réponse, c'est : parce qu'on avait peur.

– Peur des Espagnols ?

Louis repense à toutes les vacances que sa famille a passées sur la Costa Brava. Il repense aux fêtes foraines et aux churros et au flamenco. Il n'y a vraiment pas de quoi avoir peur des Espagnols.

– Les Français ne les connaissaient pas bien, on croyait qu'ils voulaient faire la révolution, et aussi que la guerre éclaterait si on les accueillait. La guerre a éclaté quand même et les Espagnols nous ont aidés à la gagner. Tu vois, c'est ce qui se passe quand on a peur : on fait du mal aux autres, même à ceux qui ne nous ont rien fait.

– Comme Mateo ?

– Comme Mateo. Il faut lutter contre ça !

Après, ils s'assoient de chaque côté des barbelés et Nicolas ouvre son paquet. C'est un jeu d'échecs. Nicolas a taillé les pièces lui-même dans du bois ramassé sur la plage. Il a passé les noirs au cirage.

– Je sais pas jouer, a soupiré Louis.

– Je vais t'apprendre. C'est la seule bonne façon de faire la guerre !

7

Au début du printemps, Max les réunit tous de part et d'autre des barbelés.

Louis et Chloé sont réconciliés. Après sa conversation avec Nicolas, Louis a demandé pardon à son amie et promis qu'il ne recommencerait plus. Après, il est allé se bagarrer avec Pierre. Évidemment, il est revenu avec un œil au beurre noir et le nez en sang mais, à partir de ce jour, les autres garçons lui ont souvent demandé de les protéger contre plus fort qu'eux. Louis n'a jamais dit non. C'est sa façon à lui de lutter contre la peur. Il a pris pas mal de coups mais il a appris à les rendre et maintenant ce sont ses adversaires qui repartent le nez en sang.

– On ne peut pas rester ici, commence Max. Il y a trop de monde, trop de violence, pas assez de nourriture. Dans le camp des hommes, il y a des blessés tous les jours. Les gens sont désespérés, ils s'entre-tuent pour un morceau de pain. L'attente rend fou. Et puis, avec le printemps, il y aura des maladies. Il faut partir !

Avant que quelqu'un ne pose l'éternelle question, il poursuit :

– Il paraît que les combats se rapprochent, on n'a pas le choix : il faut aller en Espagne.

– La frontière a rouvert ?

– Non, mais j'ai rencontré quelqu'un qui peut nous faire passer les Pyrénées.

Tous les regards se tournent vers la montagne. Elle semble toute proche, ce matin-là. La neige sur les sommets n'a pas encore fondu. Depuis des mois qu'ils sont au camp, ils ont entendu tant d'histoires ! Des clandestins qui suivaient la voie ferrée dans le tunnel transfrontalier, percutés par un train de marchandises ; d'autres qui pensaient contourner tranquillement la frontière à la nage, emportés par les courants marins ; et surtout les morts de la montagne, ceux qui sont morts de froid, ceux qui ont été ensevelis sous une avalanche, ceux qui sont tombés au fond d'une crevasse et sont morts d'épuisement à force d'appeler à l'aide en vain.

Les corps disparus réapparaissent souvent sous forme d'histoire à faire peur…

– C'est un agriculteur pour qui j'ai coupé du bois cet hiver. Il connaît la montagne par cœur. Mais il fallait attendre le printemps…

Ils en discutent pendant des jours. Anne veut partir avant que Louis ne tourne mal. Elle n'aime pas qu'il se bagarre tout le temps, un malheur finira par arriver. Mais il y a les Legrand… Bien que sa cheville aille mieux, Mme Legrand boite toujours. Quant à M. Legrand, sa santé s'est détériorée pendant l'hiver. Il se sent constamment fatigué et ne fait rien d'autre que rester assis au soleil pour essayer de se réchauffer, en tenant la main de sa femme à travers les barbelés. Ensemble, ils regardent l'horizon et évoquent le passé à voix basse. Ils avaient retrouvé un vieil ami dans le camp, un monsieur de leur âge. Un matin d'hiver, on l'a trouvé pendu de désespoir à une poutre de son baraquement. Le vieil homme avait un trop long passé derrière lui pour supporter qu'on lui nie l'avenir. Il faut avoir beaucoup le goût de vivre pour imaginer un monde meilleur dans ces conditions. Pour M. Legrand, ce fut le coup fatal.

C'est Mme Legrand qui annonce leur décision. Son mari est assis près d'elle, sur le sable, emmitouflé dans deux couvertures. Il serre son sac contre lui. En le voyant, personne ne croirait que ce vieux monsieur a traversé la France à pied quelques mois plus tôt, en portant sa femme la plupart du temps. Les rôles sont inversés désormais. Mme Legrand lui prend la main et dit :

– Il faut que vous partiez. Ce n'est pas sain, ici, surtout pour les enfants. Nous, nous sommes trop vieux pour vous accompagner. Nous essaierons de vous rejoindre dès que possible.

Elle se tourne vers les enfants :

– N'oubliez pas les cailloux du Petit Poucet, d'accord ?

Puis vers Anne :

– Prenez ça, vous allez en avoir besoin.

M. Legrand ouvre le sac et tend discrètement quelque chose enveloppé dans du papier journal. C'est leur argent.

Anne proteste : il n'est pas question qu'on les abandonne, encore moins qu'on parte avec leur argent. Elle dit qu'on s'entraidera dans la montagne, comme on l'a fait sur les routes. Mme Legrand lui explique que ce n'est pas possible, à cause de la neige, de sa cheville, de la santé de son mari. M. Legrand hoche la tête tristement. Anne cherche le soutien de Nicolas, de Max, de Marie, mais personne ne dit rien, ils savent que les Legrand ont raison. Alors, Anne se met en colère, elle crie qu'on a déjà perdu Thomas, qu'on ne va pas aussi perdre les Legrand. Nicolas murmure :

– Ne parle pas comme ça devant les enfants.

Il a les larmes aux yeux, comme tous les autres. Même Max, qui dit doucement :

– On ne devrait pas attirer l'attention. Cache l'argent s'il te plaît…

Anne regarde le paquet entre ses mains. Comment est-il arrivé là ? Elle ferme les yeux, prend une longue inspiration et tend le paquet à Max, qui le fait disparaître sous son pull. Après, Anne prend Mme Legrand dans les bras et reste tout contre elle, très longtemps, comme si elle aussi avait besoin d'une maman.

Ils partent au milieu de la nuit. Les adieux ont eu lieu la veille au soir. On n'a pas pu tous s'embrasser, à cause des barbelés, mais on s'est dit des mots très gentils et très doux, et on s'est fait des promesses pour l'avenir. Louis et Emma ont laissé aux Legrand une lettre pour Thomas qui dit : *si tu passes par-là, aide M. et Mme Legrand à nous rejoindre, c'est notre papi et notre mamie maintenant, mais ne te baigne pas dans la mer parce que c'est tout sale…*

Le jour, on peut sortir du camp en signant un registre. La nuit, on est enfermé. Max coupe les barbelés. Il leur fait longer la plage, grimper la colline et couper à travers champs. Sous la lune, la mer scintille. À la surprise de Louis, cinq silhouettes les suivent en file indienne.

– Ils viennent avec nous, explique Max tout bas.

Derrière un éperon rocheux, la lune disparaît et l'obscurité se fait. Ils entendent alors le moteur.

Sur un petit chemin de terre, une bétaillère les attend. À l'arrière, les brebis bêlent. Max frappe trois coups contre la carrosserie, le conducteur descend. Sans rien dire, il les aide à grimper un par un. Louis voit qu'il porte une barbe noire, de grosses lunettes, une écharpe et un béret. Il leur donne une besace qui contient deux thermos de café et une grosse miche de pain, avant de remonter à l'avant pour démarrer.

Ils s'assoient au milieu des brebis. Au début, c'est drôle. Un chevreau se met à lécher le visage d'Emma, qui proteste avant de se laisser faire en pouffant de rire. Louis et Chloé offrent aussi leurs mains et leur visage aux coups de langue. Mais à chaque virage, les brebis glissent et leur marchent dessus, il faut les pousser, on prend des coups de cornes. Et puis, ça sent mauvais. Après un cahot, une brebis noire lâche toute une série de petites crottes sur les genoux de Louis.

– Beurk !

– Tiens-toi tranquille, le gronde Max. N'affolez pas les brebis !

– Quoi ? Mais j'ai rien fait, c'est celle-là qui…

Parmi les cinq inconnus qui les accompagnent, il y a un garçon. C'est lui qui a l'idée de se coucher sous une chèvre pour la traire directement dans sa bouche. Les enfants essayent de l'imiter mais aucun n'a jamais trait d'animal. Au début, rien ne sort. Ensuite, ils s'éclaboussent les yeux, les cheveux, tout sauf la bouche. En s'approchant du garçon pour lui demander comment faire, Louis le reconnaît : c'est Mateo.

Le jeune Rom aussi a reconnu Louis, il se réfugie derrière ses parents. Comme il a l'air petit et fragile ! Il faut dire que Louis a grandi et s'est musclé ces derniers mois. Il ne sait pas quoi dire. Heureusement, Chloé intervient. Elle se glisse vers Mateo et l'embrasse sur la joue sans lui laisser le temps de réagir :

– Salut, je m'appelle Chloé. Et l'autre imbécile, là-bas, c'est Louis.

Louis rougit. Parce qu'il se sent bête ou parce que Chloé a embrassé Mateo ? Il tend la main. Mateo la serre timidement :

– Je suis vraiment désolé de ce qu'on t'a fait. Chloé a raison, je suis un imbécile. Je vais essayer de me rattraper, si tu veux bien…

Chloé se rapproche de lui, l'embrasse sur la joue à son tour et lui murmure à l'oreille : « Je suis fière de toi ! » Louis rougit encore plus, tout en se demandant lequel des deux Chloé a embrassé le plus longtemps.

Le camion s'arrête au bout de deux heures. Ils descendent. On ne voit plus ni la mer ni la ville. Rien que la neige qui scintille sur le pic du Canigou. Au milieu des brebis, ils ont oublié le froid. Maintenant, ils grelottent. Heureusement, l'agriculteur a prévu des bottes et des vêtements d'hiver.

– Je vous accompagne jusqu'au col.

Ils progressent lentement, en s'enfonçant dans la neige jusqu'aux genoux. Max porte Emma sur les épaules. Parmi les nouveaux venus, en plus de Mateo et ses parents, il y a deux hommes à l'air pas commode qui marchent à l'arrière. Ils ont des bonnets enfoncés sur les yeux et la barbe noire. Tous deux portent le même sac à dos kaki.

– Il en a vu passer des gens comme vous, ce col, explique leur guide. Pendant la guerre, beaucoup de Juifs et de résistants ont été exfiltrés de ce côté. Certains allaient en Afrique du nord, d'autres au Portugal, prendre un bateau pour l'Amérique. Un peu avant, c'étaient les républicains espagnols qui fuyaient dans l'autre sens.

– La frontière n'est pas gardée ? demande Chloé.

– La frontière n'existe pas, ici. Les montagnes n'appartiennent à personne. C'est comme la mer. On a beau y planter des drapeaux, ça ne sert à rien !

Il s'interrompt en désignant la paroi :

– Regardez, une famille d'isards !

Des sortes de chamois au pelage sombre se suivent à la queue-leu-leu dans un pierrier abrupt.

– Ils vivent ici ? demande Emma.

– Ce sont des nomades, ils se déplacent en fonction des saisons. C'est encore un peu tôt mais, dans quelques semaines, vous auriez pu voir un ours.

– Il y a des ours dans les Pyrénées ?

– Ils ne sont pas d'ici. On les a réintroduits il y a des années. La plupart viennent des Balkans…

– Comme nous, l'interrompt Mateo, dont le père est bulgare.

– Mais ils n'ont pas été bien acceptés. Les éleveurs les chassaient au début…

– Comme nous, intervient encore Mateo.

– Et après, la guerre a commencé et tout le monde a oublié les ours.

– Comme nous, soupire Mateo.

8

Ils marchent toute la journée. Une fois au col, leur guide leur souhaite bonne chance. Il confie une carte de la région à Max et les met en garde :

– Soyez prudents, les chasseurs ne tirent pas que les ours…

Là-haut, il reste longtemps à leur faire signe de la main pendant qu'ils redescendent vers les forêts.

– Qu'est-ce qu'il a voulu dire ? demande Louis.

– Probablement que les gens d'ici n'aiment pas beaucoup les gens comme nous, répond sa mère.

– Les gens comme nous ?

– Les migrants, intervient Mateo, qui aime bien interrompre les conversations.

Louis met quelques secondes à comprendre. Jusqu'à présent, il était Louis, le fils de Thomas et Anne, un collégien parisien, supporter du PSG, champion de FIFA, fan de *Star Wars*. Désormais, aux yeux de ceux qui ne le connaissent pas, il est un migrant et rien d'autre.

– Ils vont quand même pas nous tirer dessus ?

S'ils ont quitté leur pays, c'est précisément pour ne pas se faire tuer… Anne s'agenouille devant lui et lui parle les yeux dans les yeux :

– Écoute, on n'est plus chez nous, ici. Les gens ne veulent pas de nous. À partir de maintenant, il faut rester discret. Moins on nous remarquera, mieux ce sera. Et surtout, ne faire confiance à personne.

– Ça, au moins, ça n'a pas changé.

– Si. C'est encore pire qu'avant !

Ils ne sont pas encore arrivés à la lisière de la forêt que les premiers coups de feu retentissent. Dans le cirque des montagnes, ils résonnent comme le tonnerre. Quelqu'un crie : « Couchez-vous ! » Et quelqu'un d'autre : « Vite, dans les bois ! »

Louis court. En atteignant les arbres, il perçoit les aboiements des chiens et des voix d'homme, lointaines. Il entend aussi sa mère qui l'appelle : « Louis, où tu es ? Louis ! Par ici ! »

C'est où, par ici ?

Il a l'impression que la voix d'Anne vient de tous les côtés, elle se mélange aux autres voix que l'avalanche des coups de feu assourdit. C'est comme si la montagne lui tombait dessus. Alors, il court et court encore. Par moment, il a l'impression que d'autres gens courent avec lui mais la pénombre l'empêche de les reconnaître.

Il appelle :

– Maman ! Nicolas ! Max !

Parfois une voix lui répond, très loin, des mots qu'il ne comprend pas.

Quand il s'arrête enfin parce qu'on n'entend plus ni coups de feu ni cris, pas même les aboiements des chiens, il fait nuit noire dans la forêt et Louis est tout seul.

9

Louis s'assoit sur une vieille souche. Le bois est humide, désagréable au toucher. La nuit ne va pas tarder à tomber. Louis ne distingue que les troncs de quelques arbres autour de lui. C'est à peine s'il voit ses pieds. Hors d'haleine, il respire la bouche ouverte sans rien percevoir d'autre que son propre souffle. Il se prend la tête entre les mains. Les larmes montent, une boule dans sa gorge s'ajoute à l'essoufflement, il halète un long moment, comme un bébé en sanglots qui en oublie de respirer. Et lorsqu'il se calme enfin, il remarque la respiration de la forêt.

D'abord, il s'imagine que quelqu'un l'observe dans l'obscurité. Il murmure :

– Maman ?

Rien.

Rien d'autre que des craquements, des grincements, des bruissements, le mystérieux langage nocturne des arbres, et puis les animaux y vont de leurs couinements, leurs crissements, leurs hululements. La forêt vit autour de lui, il ne sait pas s'il doit avoir peur ou se sentir rassuré. Est-ce que les bêtes détestent autant les étrangers que les humains ?

Est-ce que les ours trouveront qu'il envahit leur territoire ?

Est-ce qu'ils comprendront que lui aussi n'est qu'un déplacé ?

Louis se souvient de Paris, des snipers, des mines, des bandes armées et des bombardements. Soudain, il se sent moins en danger. Et aussi moins seul qu'au camp. Dans le balancement du vent, les arbres semblent somnoler, leur bruissement fait comme une berceuse. Il ne fait pas froid. Une vapeur tiède monte de la mousse. Louis se sent les paupières lourdes.

Toute la nuit, il croit entendre les pas d'un ours autour de lui.

À l'aube, Louis se réveille roulé en boule au pied de la souche, couvert de rosée. Le soleil se lève, on distingue les sommets à travers les branches. Il décide de marcher dans la direction opposée.

Au bout d'une heure, il finit par sortir de la forêt. Devant lui, un grand champ descend en pente douce vers le lit d'un ruisseau. Au loin, on devine une route. Au milieu du champ, Louis repère immédiatement trois silhouettes qui avancent courbées : Mateo et ses parents.

– On ne sait pas où sont les autres, dit le père de Mateo quand il les a rejoints. Tout le monde est parti dans tous les sens !

– Je crois que les chasseurs ont suivi les deux hommes qui nous accompagnaient, ajoute son épouse.

– D'après Max, ces deux-là n'avaient pas la conscience tranquille…

– Et ma mère et ma sœur ?

– La dernière fois que je les ai vues, elles étaient avec Nicolas. Max suivait Marie et Chloé.

Cette nouvelle rassure un peu Louis.

– Il faut les retrouver !

– C'est dangereux de marcher à découvert. Le mieux, c'est de les attendre près du ruisseau. Ils finiront bien par passer par ici pour rejoindre la route.

Louis et la famille de Mateo restent toute la journée à l'abri sous les saules, à scruter la lisière de la forêt. Ils n'ont pas passé une aussi bonne journée depuis longtemps : du soleil, la fraîcheur des saules, l'eau claire du ruisseau et de délicieuses petites pommes amères qu'ils récoltent dans un verger. Mateo connaît des tas de choses utiles, Louis apprend à attraper les écrevisses à mains nues, à construire des nasses pour les truites et à tailler un sifflet dans une branche de sureau. Oubliée la violence du camp : un promeneur pourrait croire à deux enfants insouciants qui jouent comme jouent depuis toujours tous les enfants partout dans le monde.

Mais le soir vient et personne n'est passé.

Ils restent toute la nuit au même endroit, sans oser faire de feu. Au matin, ils repartent. Peut-être que les autres les attendent à la route ? Dans le pire des cas, Louis connaît l'adresse des cousins de sa mère à Valence. On s'y retrouvera.

Ils longent la route le plus à couvert possible. Les rares fois qu'une voiture passe, ils se cachent dans les fourrés.

– Il y a certainement des gens gentils qui accepteraient de nous prendre en stop…

– Certainement, répond la mère de Mateo, mais la chance de tomber sur l'un d'entre eux est si faible qu'il vaut mieux ne pas prendre le risque, crois-moi !

Elle a l'air de savoir de quoi elle parle. Dans sa famille, on est pourchassé depuis des générations. On a appris à se débrouiller tout seul. En voilà une qui s'entendrait bien avec Anne…

Finalement, ils arrivent à une station-service où sont garés plusieurs poids-lourds. Couchés dans les herbes hautes, ils en repèrent un dont la bâche est décorée de légumes, avec une marque en lettres jaunes et le mot Valencia dessous.

Ils rampent jusqu'à la remorque. Louis ne comprend pas ce qu'ils font. Le père de Mateo leur fait signe de rester cachés. À l'aide d'un couteau de poche, il découpe la bâche avant de revenir se coucher près d'eux. Personne ne l'a vu.

À son signal, ils se faufilent à l'intérieur. Il fait noir. L'odeur est écœurante. Elle pique les yeux. Partout, des piles de cageots remplis d'oignons.

Ils les escaladent comme ils peuvent. Louis en renverse une, les autres le regardent d'un air terrifié, en silence, immobiles. Mais personne ne vient.

Louis se blottit dans un tout petit espace entre deux piles. Il a du mal à respirer. Ses yeux brûlent. Il murmure :

– Et si on nous trouve ?

– Dans le meilleur des cas, ils nous font descendre. Au pire, ils nous livrent à la police…, soupire le père de Mateo, l'air d'avoir l'habitude.

Ils ne disent plus rien. Tous gardent les yeux fermés pour calmer les brûlures. Louis pense à sa mère et à sa sœur. À Chloé aussi. Il espère qu'elles trouveront un moyen plus confortable de gagner Valence, un qui sente moins mauvais et qui ne les fasse pas pleurer. S'il voyait Anne pleurer, il ne pourrait pas s'empêcher de fondre en larmes aussi. De toute façon, avec tous ces oignons, il a l'impression qu'il ne s'arrêtera jamais...

Il s'endort sans s'en rendre compte. À son réveil, le camion roule. Mateo et ses parents dorment. Louis referme aussitôt les yeux car ils le brûlent trop. Il ne tarde pas à s'assoupir de nouveau.

Il fait tout le trajet dans un demi-sommeil. Sans doute la fatigue accumulée mais aussi l'odeur étourdissante. Il a mal à la tête. Ses yeux sont gonflés, il peine à les ouvrir. Louis a toujours été malade en voiture mais c'est pire coincé dans cette remorque. Impossible de dire si on avance ou si on recule. Une fois, les portes s'ouvrent. Louis entend des voix qui semblent lointaines, il n'arrive pas à se réveiller, le faisceau d'une lampe-torche passe juste au-dessus de sa tête, il sent une main qui le tire vers le bas. Est-ce Mateo, son père ou sa mère ? Louis ne sait pas, il se sent mal, prêt à vomir. Il ne veut qu'une chose : descendre, sortir de ce camion, respirer l'air pur. Tant pis si on le jette en prison, tant pis si on le renvoie dans son pays en guerre. Mais la main le retient très fort, sa langue est trop gonflée pour qu'il appelle. Les portes finissent par se refermer et Louis par se rendormir.

Plus tard, la main le secoue. Louis ne pourrait pas dire combien de temps a passé.

– Vite, c'est le moment, murmure le père de Mateo.

Louis se sent poussé dehors par le trou dans la bâche. Le soleil l'aveugle, il n'a aucune idée de l'endroit où il se trouve. Il entend des bruits difficiles à identifier, ses paupières sont collées, ses larmes coulent toujours, elles se mélangent au liquide épais qui sort de son nez. Sa langue est énorme, sa bouche sèche et toute sa gorge brûle. Plus jamais il ne mangera d'oignon de sa vie, juré !

Soudain, des cris retentissent.

– Attention, il nous a vus !

Quelqu'un agrippe Louis par le col, quelqu'un d'autre le tire par le bras.

– Lâchez-le !

En s'efforçant d'ouvrir les yeux, Louis se débat jusqu'à ce que son col se déchire. Il entend Mateo crier :

– Cours !

Alors il court à l'aveuglette, il bute dans quelque chose, une voix crie en espagnol, il rentre dans quelqu'un, faillit tomber mais continue sa course, il court et court encore, ses paupières s'entrouvrent, il devine la rue et les immeubles et les gens horrifiés qui le dévisagent comme s'il était une sorte de monstre, et Mateo qui le tient par la main, et les parents de Mateo qui courent devant eux et s'engouffrent finalement dans une petite ruelle sombre et déserte.

Ils sont arrivés à Valence.

Bienvenidos a España…

10

Après plusieurs mois d'errance sur les routes, à travers la campagne, dans la montagne, les voilà donc de retour dans une grande ville. Comme Valence semble triste !

L'Espagne échappe aux guerres qui ravagent l'Europe de l'ouest en se barricadant derrière les Pyrénées, comme pendant la seconde guerre mondiale. Les touristes ayant disparu, le pays est pauvre et beaucoup d'Espagnols doivent aller travailler au Maroc, où on paye mieux. Ils y restent longtemps et envoient de l'argent au pays. C'est pourquoi les villes paraissent vides. Les gens disent qu'on se croirait revenus au temps de Franco.

En rasant les murs, ils se sont perdus dans des rues grises et sales. Louis remarque que les balayeurs parlent français : ici, les réfugiés acceptent tous les boulots, même les pires. Une fois, il leur demande son chemin mais ces hommes au visage fatigué répondent l'air méfiant, sans la moindre marque de solidarité.

Finalement, ils arrivent devant chez les cousins d'Anne. La déception est grande : la façade porte des traces d'incendie et toutes les fenêtres sont murées par des parpaings. L'immeuble est à l'abandon !

Ils s'assoient sous le porche, à l'abri du vent. On sent le sel, la mer n'est pas loin. De grandes mouettes se bagarrent sur la place pour un reste de pizza. En d'autres temps, Louis se serait senti tout excité mais il a trop vu la mer au camp. Désormais, elle ne signifie plus vacances, baignade et churros, mais enfermement, froid et désespoir. C'est dommage, la mer ne devrait faire penser qu'au bonheur. Petit à petit, Louis réalise qu'on ne perd pas que ses habitudes en s'exilant : c'est la façon de voir le monde qui change. Incroyable qu'il soit si différent selon qu'on voyage pour le plaisir, ou contraint et forcé !

Comme il fait frais, Louis met les mains dans les poches de sa veste et trouve un oignon qui s'y est glissé pendant le trajet.

– Beurk !

Inconsciemment, il se met à jouer avec pour se réchauffer. Il le roule dans ses paumes, le lance et le rattrape, le fait tourner par terre devant lui. Ensuite, il commence à le peler. Il retire la peau, et puis une couche, et une autre, et encore une autre.

« D'abord, j'ai perdu ma maison. Après, j'ai perdu mon papa. Et puis, les Legrand, ma maman, ma sœur, Chloé… Et maintenant, voilà ce qu'il reste de moi, murmure-t-il en levant le petit bulbe qui lui est resté dans la main : un petit machin tout fragile et sans protection… »

De colère, il l'écrase sous son pied.

À l'intérieur, il y avait une petite pousse verte prête à germer.

11

Ne sachant où aller, ils restent sous le porche. Anne et les autres ignorent que l'immeuble est abandonné, ils vont venir. Il suffit de les attendre.

On mange quelques pommes ramassées le matin et les restes de l'oignon. Pas Louis, qui préfère encore mourir de faim !

La nuit tombe. Le froid aussi. Pour se réchauffer, Louis et Mateo vont sur la place. Ils font la chasse aux mouettes et jouent au foot avec une boîte de conserve jusqu'à ce que des voisins menacent d'appeler la police. C'est en revenant que Mateo aperçoit de la lumière filtrer entre les parpaings à l'une des fenêtres du deuxième étage.

Son père va voir et revient quelques minutes plus tard :

– C'est un squat. Venez !

À l'arrière de l'immeuble, il écarte une grande tôle posée contre le mur. Derrière, une fenêtre permet d'entrer. Ils se retrouvent dans un hall jonché de débris. Des bougies posées sur les marches de l'escalier indiquent le chemin.

Ils montent jusqu'au deuxième où les portes des trois appartements sont ouvertes. Ils pénètrent dans le premier. On entend des enfants parler à voix basse dans la pièce du fond et quelqu'un joue de la guitare en sourdine. Il fait doux, c'est calme, tamisé : Louis se sent immédiatement bien même si tout a l'air vieux et cassé. Le père de Mateo se dirige vers une grosse dame qui trie des lentilles sur une planche. « Les voilà », dit-il. Et en désignant Louis : « C'est lui ».

La grosse dame lui sourit. Il lui manque plusieurs dents.

– Alors, c'est toi qui es de la famille de Romain et Sophie ? dit-elle avec un fort accent belge. Tu n'as pas de chance, ils sont partis depuis quelques mois. Juste après l'incendie…

Romain est le cousin d'Anne. Louis se souvient les avoir vus à des fêtes de famille, lui et sa femme Sophie. Il les aimait bien.

– Ils habitaient juste au-dessus, dit la grosse dame. Cet immeuble était plein de Français et de Belges, des gens des zones en guerre. Au début, on était bien accueillis. Ceux qui n'avaient pas peur de travailler dur pouvaient gagner correctement leur vie. Romain avait trouvé un emploi au port. Mais de plus en plus de réfugiés sont arrivés et les gens d'ici ont commencé à se plaindre, ils disaient qu'on leur volait le travail. En réalité, ils étaient bien contents qu'on fasse le sale boulot à leur place. Une nuit, quelqu'un a mis le feu à l'immeuble. Il n'y a pas eu de victimes mais tout le premier étage a brûlé. Nous, on a décidé de revenir parce qu'on ne savait pas où aller avec nos cinq enfants. Mais Sophie a eu très peur et ils ont décidé de partir.

– Où ? demande Louis.

– En Afrique du nord. Il paraît que la situation est meilleure, là-bas.

– Vous avez eu des nouvelles ?

– Jamais.

12

Ils se sont installés dans l'immeuble. Dans chaque appartement habitent plusieurs familles mais on leur trouve une chambre libre. Il faut dormir à même le sol, il y a des couvertures et on se tient chaud.

– J'espère qu'il n'y aura pas de nouvel incendie parce que toutes les sorties sont murées, se lamente parfois la mère de Mateo.

L'habitude de fuir fait penser aux issues. Louis préfère oublier qu'on s'éclaire à la bougie jour et nuit… Il n'y a pas l'eau courante dans l'immeuble mais des récipients sur le toit permettent de récupérer l'eau de pluie. Il faut y aller la nuit pour ne pas être vu. Louis a pu se laver et l'odeur d'oignon s'est atténuée. Il peut sortir dans la rue sans que les gens se pincent le nez. N'empêche, ils continuent à le regarder de travers…

Chaque jour, le papa de Mateo sort le matin et rentre le soir.

– Il travaille, explique Mateo.

– Il a trouvé du travail si vite ?

– Chez des Roms.

– Il y a des Roms en Espagne ?

– Il y a des Roms partout mais surtout en Espagne !

– C'est des réfugiés, aussi ?

– Tu n'y connais vraiment rien, se moque Mateo. Pour être réfugié, il faut avoir un pays. Les Roms n'ont pas de pays. C'est une communauté, il y en a partout. Les frontières ne comptent pas pour nous.

Louis a un peu honte de ne rien savoir sur les Roms à part quelques préjugés entendus au camp.

Au début, ils restent à l'intérieur, sous la garde de la mère de Mateo. Des gens d'un peu partout vivent ici, venus des zones en guerre mais aussi des pays frontaliers au fur et à mesure que le conflit s'étend. Malgré la situation, l'atmosphère est joyeusement cosmopolite, c'est une tour de Babel de langues et de cultures. Quelqu'un évoque l'Espagne musulmane, la liberté de culte et la tolérance, mais Louis ne se rappelle pas l'avoir appris en cours.

N'empêche, les deux garçons étouffent et finissent par sortir explorer la ville. Ils comprennent l'espagnol mais ils essayent de ne pas trop parler pour qu'on ne remarque pas leur accent. Louis s'aperçoit bien vite que c'est peine perdue : les gens le repèrent tout de suite. Qui sait comment ? Ses vêtements, peut-être, ou la couleur de sa peau. Espagnol ou français, c'est si différent ? Louis ignore que ce n'est pas une question de nationalité : ce sont les malheurs qui marquent les gens.

Louis adore se promener seul avec Mateo. Sortir sans un adulte, c'était impossible à Paris depuis le déclenchement du conflit. Alors sortir sans un adulte dans un pays étranger...

Au début, Louis se méfie mais Mateo prend tout à la rigolade. À l'époque du camp, qui aurait cru ça de lui ? Il est impertinent, provocateur, et n'arrête pas de lancer des défis. « Même pas cap... »

Louis se prend au jeu. C'est une façon de narguer le destin. En se mettant en danger, il oublie momentanément leur situation. Ils attachent des boîtes de conserve à la queue des chiens ou tirent un portefeuille vide au bout d'un fil invisible. Des farces infantiles, mais c'est mieux que de voler. Un peu de provocation sans méchanceté pour se venger de ces gens qui ne veulent pas d'eux.

On les considère comme des garnements ? Alors c'est comme ça qu'ils se comporteront !

On finit par se lasser de résister à l'image que les gens ont de soi. Même s'ils s'en sortent quelques fois de justesse, ils s'enhardissent. Ils s'introduisent dans des jardins pour chaparder des fruits, récupèrent le pourboire sur les tables des cafés avant les serveurs et ramassent des mégots pour rouler leurs propres cigarettes et fumer en cachette. Livrés à eux-mêmes parmi des gens à qui ils font peur, ils auraient même tourné bien plus mal sans l'arrivée de la famille de Louis.

13

Un soir, au retour de Louis et Mateo, ils sont là : Anne et Emma, Nicolas, Marie et Chloé.

Tous sauf Max.

Louis tombe dans leurs bras, un peu décontenancé. D'une certaine façon, il s'est habitué à la vie sans eux et il en a honte. Il a honte aussi des bêtises commises en leur absence. C'est comme si, séparé de ceux qu'il aime, il s'était laissé aller à devenir quelqu'un d'autre, quelqu'un qui ne lui plaît pas.

C'est surtout face à Chloé qu'il se sent penaud. Ces derniers mois, il a compris que rien n'est plus important pour lui que de lui plaire, et pourtant il n'arrête pas de la décevoir. D'abord au camp, à cause de Pierre et sa bande. Et maintenant, il l'a abandonnée. Au lieu de la protéger, il est parti de son côté. Pire, à Valence, il l'a même un peu oubliée…

Ils restent longtemps dans les bras l'un de l'autre. Pour la première fois, Chloé a les larmes aux yeux. Ces derniers mois, Louis a grandi, il a fait des choses dont il ne se croyait pas capable, et pourtant lui non plus ne peut pas s'empêcher de pleurer.

Ils ne sont séparés que depuis deux semaines mais on dirait des années. Anne résume leurs aventures. Ils ont erré sur les routes, pris un autocar dans la mauvaise direction, Marie et Chloé ont été arrêtées pour vagabondage, puis relâchées au bout de deux jours. Dans une ferme, une famille les a hébergés le temps qu'ils se remettent. Ils parlaient français, leurs grands-parents s'étaient exilés sous Franco. Chloé et Emma ont dormi dans le lit des filles, les autres dans un grenier aménagé. Pendant quelques jours, ils ont mangé à leur faim.

– Et Max ? demande Louis.

Tous cessent de sourire.

Un soir, au bord d'une route, des hommes descendus d'un pick-up se sont jetés sur eux. Max a fait usage de son arme pour les repousser.

– On a eu le temps de s'enfuir mais ils l'ont attrapé, soupire Marie.

– C'étaient des policiers ?

– Des miliciens ou quelque chose comme ça. Ils se cachaient le visage, explique Chloé. Il y en a un qui m'a attrapée par le bras mais Max m'a aidée à me libérer.

Elle montre les ecchymoses sur son bras. Louis sent la rage l'envahir. Il se dit qu'il pourrait tuer un homme comme celui-là. Il le pense vraiment. C'est dire s'il a changé…

– J'ai ramassé ça, ajoute-t-elle en tendant à Louis le téléphone portable de Maxime.

– Il y avait d'autres gens à l'arrière du pick-up, explique Nicolas. Ils étaient attachés…

– C'étaient sûrement des marchands d'esclaves, explique le mari de la grosse dame belge.

Tous le regardent sans rien dire, comme si ce mot avait perdu son sens depuis des siècles.

Pour Louis, l'arrivée d'Anne sonne la fin des escapades.

– Et si la police t'attrape ? Sans papiers, en plus ! Ils t'enverront dans un centre pour mineurs isolés !

D'autant que la situation devient de plus en plus tendue au fur et à mesure que d'autres réfugiés entrent clandestinement. Chaque jour, la grosse dame belge et son mari leur racontent des dénonciations, des insultes, même des ratonnades. La tension monte. Un jour, un attentat a lieu. Il y a des morts. La presse accuse les extrémistes français. Des lynchages ont lieu dans certains quartiers. On ne sort pas pendant quelques jours, le temps que les choses se calment.

Souvent, l'un d'entre eux dit : « Il faudrait partir ». Et quelqu'un répond : « Mais où ? ». C'est même devenu un jeu. Ils se demandent mutuellement : « Et toi, tu irais où ? ».

Anne irait aux États-Unis, parce que Thomas a toujours voulu y vivre. « Le rêve américain, tout ça… » Marie est anthropologue de formation, elle irait en Afrique de l'est. « Parce que c'est de là que l'humanité est partie, j'y retourne pour qu'on ne m'embête plus ! ».

Emma veut aller au pays enchanté, inutile de lui expliquer que ça n'existe pas. Chloé préférerait un endroit où les êtres humains ne sont jamais allés : une île, une vallée perdue ou un bout de banquise, mais ça n'existe pas non plus. « Même pas la lune ! » Quant à Nicolas, c'est Alexandrie.

– En Égypte ? C'est pas là que les enfants de la croisade ont été vendus ?

– Si, mais un calife leur a ensuite rendu leur liberté. Et puis c'est surtout là que se trouvait la plus merveilleuse bibliothèque de tous les temps ! Ptolémée avait réuni à Alexandrie des érudits de partout : Callimaque de Cyrène, Apollonios de Rhodes, Aristophane de Byzance, Zénodote d'Éphèse. Ils traduisaient en grec les milliers d'ouvrages qui arrivaient dans le port. Tout le savoir universel réuni au même endroit ! On parlait toutes les langues. Il y avait un phare monumental qu'on voyait à cinquante kilomètres à la ronde !

– Elle existe toujours, cette bibliothèque ?

– Non, elle a été détruite.

– Et le phare ?

– Détruit aussi.

– Alors qu'est-ce que tu veux aller faire à Alexandrie ?

Pour toute réponse, Nicolas récite Homère :

– « Il y a une île, au milieu de la mer onduleuse, devant l'Égypte, et on la nomme Pharos… »

Quelques jours plus tard, le père de Mateo revient avec une grande nouvelle : ses amis ont localisé Max.

– Il va être vendu demain.

– Vendu ?

– Il y a un marché aux esclaves. Généralement, ce sont des propriétaires terriens qui les achètent pour les faire travailler aux champs. D'autres sont envoyés dans les mines. Pour les femmes, c'est encore pire…

Anne voudrait prévenir les autorités, le père de Mateo secoue la tête.

– La police laisse faire, c'est une façon simple de régler le problème des migrants.

La force ? Le trafic d'esclaves est contrôlé par des mafias lourdement armées.

– Tout ce qu'on peut faire, c'est essayer de le racheter, en espérant que les enchères ne montent pas trop haut.

Ils réunissent tout l'argent qu'ils possèdent. À la grande surprise de Louis, Anne accepte de le laisser accompagner le père de Mateo. Il ne se considère plus comme un enfant mais cette confirmation lui donne à réfléchir. On joue les grands par défi mais, le jour où on le devient vraiment, on a du mal à s'y faire. Avec ce qu'il a vécu, Louis a grandi trop vite.

Le soir, un ami du père de Mateo vient les chercher. Ils se rendent dans une ferme isolée de l'arrière-pays. De nombreux véhicules sont garés dehors et quelques hommes armés gardent l'entrée. Malgré de longs pourparlers, ceux-ci refusent catégoriquement de laisser entrer un mineur. Louis doit attendre dehors avec l'ami du père de Mateo.

Ils s'installent dans la voiture, portières ouvertes. L'ami du père de Mateo incline son siège et fume en écoutant un match de foot à la radio. Louis laisse ses jambes pendre à l'extérieur, il ne quitte pas la ferme des yeux. Des montagnes pelées les entourent, la nature respire doucement après la chaleur de la journée, on entend des grillons. Le calme alentour contraste avec le brouhaha qui provient de la cour de la ferme. Louis tend l'oreille mais ne distingue que des cris. Parfois, quelques insultes ou une bouteille cassée. On ressent l'excitation, la colère et l'ivresse derrière ces murs sales. Un halo de lumière crue souille le crépuscule. De temps en temps, une clameur collective réconcilie ces voix en guerre. Louis tente d'imaginer comment les choses se passent là-dedans mais la seule image qui lui vient, ce sont des combats de chiens.

Au bout d'un temps qui lui semble interminable, des gens ressortent. Ils parlent, ils gesticulent, ils ont l'air de s'être bien amusé. Pas le père de Mateo.

Il baisse les yeux et secoue la tête quand Louis se précipite vers lui.

– Trop cher. Désolé…

– Alors on fait quoi ?

– On rentre.

Louis veut protester mais aucun mot ne sort. Une grosse boule dans la gorge leur ferme la frontière. Il n'y a que les larmes qui passent. Clandestinement. En silence. Le père de Mateo le prend par l'épaule pour le conduire vers la voiture.

Mais, alors qu'ils contournent la ferme pour repartir, Louis l'aperçoit à travers la nuit et les larmes. On le sort par une porte latérale, mains attachées, entouré de trois hommes qui le poussent sans ménagement vers une fourgonnette. Il est torse nu, un œil au beurre noir, de nouvelles cicatrices recouvrent les anciennes.

– Max !

Louis tente d'ouvrir la portière pour descendre mais l'ami du père de Mateo a eu le réflexe de verrouiller. Les hommes ont entendu son cri, ils ont sorti des armes. Louis passe la moitié du corps par la fenêtre, le père de Mateo se jette sur le siège arrière pour le retenir.

– Max !

– Louis ?

Ils se parlent à grands cris précipités tandis que Max est entraîné au pas de charge vers la fourgonnette par ses gardiens inquiets.

– On est venus te sauver !

– Tout le monde va bien ?

– Ils sont tous à Valence ! On va bientôt partir !

– Pour où ?

– Alexandrie !

– Pourquoi ?

– À cause d'Homère !

Louis a l'impression de voir Max sourire avant qu'on ne lui passe une cagoule sur la tête. Ses nouveaux propriétaires le balancent à l'arrière de la fourgonnette. Il n'y a pas de vitres. Le conducteur démarre sur les chapeaux de roue.

Max a disparu. Max son baby-sitter, Max le dragueur, l'étudiant de Thomas, le modèle de Louis.

S'il avait imaginé, à l'époque, que tout finirait comme ça…

14

Ils décident de partir. Encore.

En réalité, ils n'ont rien décidé. Ils partent, c'est tout.

Traverser le détroit de Gibraltar, inutile d'y penser. Le point de contact entre l'Europe et l'Afrique est une des frontières les mieux gardées au monde. Les pays du Maghreb, désormais parmi les plus stables et les plus prospères, ne veulent pas se voir envahis par des hordes d'Européens. Ceuta et Melilla, les villes espagnoles sur le continent africain, sont devenues des voies sans issue. Des milliers de réfugiés s'y entassent dans des conditions inhumaines. Ils sont pris au piège. La situation est dramatique : sur ces enclaves, il n'y a pas assez de ressources. La famine et les maladies font des ravages. Le choléra, surtout. Chaque jour, des meutes désespérées se jettent à l'assaut des hautes clôtures que les Européens eux-mêmes ont installées des années plus tôt. Certains construisent des échelles avec les branches des derniers arbres, d'autres grimpent à mains nues. Ils tombent ou se déchiquettent sur les barbelés. Fractures ouvertes, doigts coupés et plaies gangrenées n'empêchent pas ces misérables de retenter leur chance le lendemain. Quant à ceux qui s'aventurent à contourner la clôture à la nage, les Marocains les repoussent avec des tirs de balle en caoutchouc ou à coups de bâton depuis les bateaux, beaucoup d'entre eux se noient. Les gouvernements africains dénoncent ces foyers d'infection sur leur continent et menacent l'Espagne, dont le gouvernement ne contrôle plus rien, de les annexer purement et simplement.

Louis et ses amis décident plutôt de traverser par la mer jusqu'en Algérie. Grâce au gaz, le pays est riche. Moins soumis à la pression migratoire que les Marocains, les Algériens passent aussi pour plus accueillants, même si les relations avec l'ex-métropole restent compliquées. Les Algériens gardent un fort ressentiment envers les anciens colons, pas tant pour les violences de la décolonisation que pour la façon dont la France a traité les immigrés maghrébins pendant les décennies qui ont suivi. N'empêche, il y a du travail pour les étrangers et on parle la même langue.

L'ami du père de Mateo les a mis en contact avec un passeur :

– Il n'est pas plus honnête que les autres mais il ne vous jettera pas par-dessus bord sitôt en haute mer. Refusez d'embarquer s'il ne vient pas avec vous. Ne lui donnez pas vos passeports. Si vous n'avez pas confiance, revenez, on vous en trouvera un autre.

Un soir, il les dépose près de la côte, avec la consigne de descendre dans une crique juste avant l'aube. La veille, ils ont fait leurs adieux à Mateo et ses parents. Encore une couche de l'oignon qu'on arrache. Et ça fait toujours pleurer…

Ils s'installent dans les rochers. Toute la nuit, des gens descendent vers la plage. Au petit matin, ils sont plusieurs centaines. Trois grosses embarcations tanguent à quelques mètres du rivage. Elles n'ont pas de toit, leur peinture s'écaille. Les moteurs relevés ont l'air tout petits, on voit de la rouille sur leur hélice.

Quand ils arrivent, les gens ont commencé à embarquer. Les passeurs leur interdisent d'emporter le moindre bagage pour ne pas encombrer les bateaux. Ainsi, ils peuvent entasser plus de monde. Après le départ, des complices viendront récupérer les bagages abandonnés pour en vendre le contenu. Que peut-il bien y avoir dans ces gros cabas et ces sacs en plastique qui s'empilent sur la plage ? Probablement rien de valeur, des choses importantes seulement aux yeux de ces pauvres gens. De ces choses insignifiantes auxquelles s'attachent des souvenirs, tellement qu'ils se cristallisent autour et que la chose elle-même disparaît, on ne sait plus à quoi elle sert ni d'où elle vient, on se rappelle seulement ce qu'elle représente pour nous, et elle représente beaucoup. Si on pouvait peser toute la tristesse et toute la nostalgie enfermées dans ces bagages, alors les passeurs ont raison : les barques en couleraient !

Une fois sur la plage, tout va très vite. Les passeurs vous pressent, vous poussent, vous arrachent vos bagages des mains. Un vieil homme résiste, ils le rouent de coups. Comme ils ne peuvent pas crier pour ne pas attirer l'attention, ils soufflent entre les dents des mots pleins de colère, de peur et de haine, c'est pire que s'ils criaient.

Anne paye le prix annoncé, le passeur en exige plus. Anne refuse.

– Ça fera plus de place pour les autres.

Elle veut reprendre son argent mais l'homme l'a déjà fourré dans sa poche.

– Au suivant !

Pas le choix, il faut payer. Ce qui leur reste des Legrand suffit à peine.

On les force aussi à remettre la carte SIM du téléphone de Max. Il ne faut pas que les garde-côtes repèrent les embarcations aux appels. Le passeur jette la carte dans un sac en promettant de la rendre à l'arrivée. Comment la reconnaîtra-t-il parmi toutes les autres ? Leur dernier lien avec Thomas vient de disparaître.

On les fait monter à bord d'une des barques, les femmes et les enfants à l'avant, les hommes derrière. Pressés par les passeurs, les gens se bousculent et trébuchent sur la passerelle. Les malheureux qui tombent à l'eau tentent d'escalader la coque, on dirait qu'ils montent à l'abordage. Ceux qui sont déjà à bord doivent les repousser pour ne pas se faire piétiner.

– On ne va jamais tenir tous ! gémit Louis.

Il compte plus de cent personnes assises sur le fond, les genoux repliés, pressées les unes contre les autres. Heureusement, il a pu rester près de Nicolas, qui le serre contre lui. Eux n'ont rien dû abandonner sur la plage vu qu'ils ne possédaient rien. Seulement le jeu d'échecs que Nicolas cache sous sa veste et *La Croisade des enfants* dans sa poche.

Anne, Emma, Marie et Chloé se retrouvent à l'avant, à plusieurs mètres d'eux. Comme au camp, les voilà encore séparés.

Enfin, c'est le départ. Les moteurs démarrent difficilement. Ils pétaradent et crachent une fumée noire. Leur embarcation trop chargée touche le fond, des hommes doivent descendre pour pousser. Ils remontent tout mouillés.

On finit par s'éloigner de la côte au ralenti. À ce rythme, Louis se dit qu'il faudra des jours et des jours pour atteindre les côtes africaines. Est-ce que quelqu'un a pensé à emporter à manger ?

– Ulysse aussi quittait Troie pour une petite traversée, lui répond Nicolas. Tu vois le résultat…

– C'était un peu le premier des migrants, soupire Louis.

– Le premier, c'est l'hominidé qui a quitté l'Afrique il y a deux millions d'années. Mais ne chipotons pas : Saint Ulysse, patron des migrants, protégez-nous !

– Au point où on en est, autant prier Poséidon lui-même !

15

Collé les uns aux autres, on fait vite connaissance. Près de Louis, il y a un étudiant menacé de mort en France, un déserteur de l'armée et un père qui voyage seul avec son fils de deux ans. La mère est morte d'épuisement en chemin. Le petit garçon s'appelle Antoine, il a le visage couvert de morve mais sourit tout le temps. « Maman » est le seul mot qu'il a l'air de connaître, il le répète tout le temps : « maman » quand il a faim, « maman » quand il pleure et « maman » en dormant. Tout le monde autour de lui s'appelle « maman », même Louis. Celui-ci jette à chaque fois un regard à Anne et mesure sa chance qu'elle soit encore avec lui : dans les trois barques, nombreux sont les adolescents pas plus vieux que lui qui voyagent seuls en mentant sur leur âge. Orphelins de guerre, jeunes fuyant l'enrôlement forcé ou partis travailler à l'étranger avec la promesse d'envoyer de l'argent à leur famille, ils ne parlent à personne, les écouteurs toujours sur les oreilles. Louis ignore s'il aurait le courage, à leur place…

Un peu d'eau s'infiltre dans le fond du bateau mais la mer est calme. Louis réussit à s'assoupir et, à son réveil, les côtes espagnoles ont disparu. Au loin, on devine les Baléares.

– Certains historiens pensent que c'est dans cet archipel que la nymphe Calypso a retenu Ulysse pendant sept ans, explique Nicolas. D'autres situent l'île près de Gibraltar, car Calypso était la fille du titan Atlas.

Et comme ses histoires ont l'air d'intéresser ses voisins, même le petit Antoine, il continue à raconter *L'Odyssée*, bien qu'il ne soit question que de tempêtes et de naufrages. Bientôt, tous autour de lui se prennent pour les compagnons d'Ulysse. Louis espère que Nicolas ne leur racontera pas comment l'histoire finit…

Au bout de quelques heures, la faim et la soif se font sentir. Comme le craignait Louis, il n'y a presque ni eau ni nourriture à bord. Anne a eu la prudence d'emporter quelques biscuits secs dont une partie a servi de petit-déjeuner et une bouteille d'eau qu'elle ne peut pas faire passer à Louis, de peur que d'autres ne se servent. Louis prend son mal en patience.

Plus tard, le moteur d'une des autres barques hoquette avant de s'arrêter. « Plus d'essence », explique le passeur qui la conduit. Il y en a plusieurs bidons sur la barque principale, mais le chef explique que le tarif convenu valait pour le bateau en l'état : si les passagers veulent plus d'essence, ils doivent la payer. Il y a des cris et des insultes. Des hommes se lèvent pour protester mais à chaque fois la barque tangue si fort que les femmes les prient de se rasseoir. Finalement, ils n'ont d'autre choix que de céder au chantage. C'est payer ou dériver en mer. Ils font une quête pour réunir la somme exorbitante qu'on leur demande et tout le monde peut repartir.

Le soleil tape fort. On met son manteau sur la tête pour se protéger mais il fait encore plus chaud dessous. La torpeur gagne. À cause du mal de mer ou de l'insolation, plusieurs personnes vomissent, le plus souvent dans l'eau, pas toujours. D'autres s'évanouissent. Sur la barque de Louis, il y a une bagarre parce qu'un homme a essayé de voler un peu de pain qui restait à un autre. Les deux s'empoignent mais un craquement sinistre au fond du bateau les arrête. Les planches moisies peuvent se briser à tout instant. On patauge maintenant dans plusieurs centimètres d'eau.

Le soir tombe. La fraîcheur fait du bien. Quelqu'un demande combien de temps durera encore la traversée, le pilote hausse les épaules en désignant l'avant du bateau : le noir complet, aucune lumière nulle part.

Louis s'assoupit encore contre son oncle. Le froid le réveille. Ses vêtements sont humides, l'eau dans laquelle il est assis est glaciale. Il tremble. La barque est à l'arrêt.

– On est arrivés ?

Des nuages cachent les étoiles. Jamais Louis n'a vu une obscurité pareille. On dirait qu'il n'y a plus la moindre lumière dans le monde.

Sans le clapotis des vagues et le roulis un peu plus fort qu'avant, il croirait qu'ils sont morts.

Soudain, deux petits points lumineux s'allument à l'arrière. Est-ce qu'il y a des feux follets en Méditerranée ? Les âmes de tous ceux qui sont morts en voulant la traverser, dans un sens ou dans l'autre, sur des navires de guerre ou des radeaux de fortune, depuis le fond des âges...

– Qu'est-ce qui se passe ?

– Notre moteur a un problème, répond Nicolas.

– Panne d'essence ?

– Je ne crois pas.

La barque principale est collée à la leur et le chef des passeurs aide le pilote à réparer. On ne peut repérer la troisième embarcation qu'à des bruits de voix sur la mer.

À l'arrière, les deux passeurs grommellent en farfouillant dans le moteur, à la lumière de leurs deux petites lampes électriques. Personne n'ose rien dire. On retient son souffle.

Au bout d'un moment, un conciliabule a lieu et les deux lampes électriques passent sur la barque principale, qui s'éloigne au gré de la houle dès que l'amarre est détachée. Dans le noir, le chef des passeurs s'adresse à eux :

– Votre moteur est en panne. Rien à faire, je n'ai pas les pièces de rechange. Je ne vois qu'une seule solution : nous allons décharger les deux autres barques et puis nous reviendrons vous chercher. C'est l'affaire de quelques heures…

Et les deux lampes de poche s'éteignent. C'est alors qu'on réalise que le pilote est passé sur la barque principale. Il y a des cris de protestation :

– Vous ne pouvez pas nous laisser en pleine mer. Il faut nous remorquer !

– Les moteurs ne sont pas assez puissants pour une deuxième barque aussi chargée. Restez calme, la météo est bonne. Je reviens dès que possible…

– Salauds ! s'écrie un homme qui se jette à la mer pour les rejoindre.

La barque de Louis tangue fortement. Les gens hurlent. On ne voit rien mais on entend le bruit que fait l'homme en nageant. Et puis des cris sur l'autre barque, le tangage, des coups, des insultes, une bagarre et un coup de pistolet qui tonne comme la foudre. Dans l'éclair soudain, Louis entrevoit les visages horrifiés autour de lui.

Après, plus rien. Juste quelques bulles qui éclatent à la surface comme les premières gouttes d'un orage et le noir complet. Personne ne dit rien.

Bien longtemps après, quand le bruit des deux moteurs qui s'éloignent s'éteint enfin dans la nuit, il ne reste plus que le silence, la terreur et le néant.

16

Ils dérivent.

Les bombes, les militaires et la guerre ne leur paraissent plus une menace en comparaison du vide autour d'eux.

Louis repense à son oignon, avec ses couches arrachées une à une. Désormais, il ne reste plus rien. Même le monde a disparu.

On lui a tout pris : son pays, sa vie, ses proches.

Ils ne sont même plus des migrants, même plus des clandestins. Ils sont des naufragés. Ils ne sont personne !

– Comme Ulysse… soupire Nicolas.

Et il se met à réciter le dialogue avec le Cyclope. Mais même le petit Antoine ne l'écoute plus.

Louis essaie de rejoindre Anne. On a beau répéter qu'on est grand, qu'on n'est plus un bébé, vient toujours le moment où on a besoin de sa maman. Il sait qu'elle ne peut rien faire pour eux mais il cherche le réconfort. Les bras de sa mère sont le seul foyer qu'il lui reste.

Quelques-uns de ceux qu'il bouscule protestent mais la plupart compatit. Les adolescents qui voyagent seuls l'observent avec envie et lui tendent la main pour l'aider.

Louis a droit à la dernière gorgée d'eau de la bouteille d'Anne.

– Tu crois qu'on va mourir ? lui demande Emma à voix basse, pour que personne d'autre n'entende.

Son air sérieux frappe Louis. À son ton, il prend soudain conscience de la gravité de la situation. D'habitude si drôle, sa petite sœur n'a plus l'air d'une enfant. Ses pensées sont des pensées d'adulte. Plus que de la peur, Louis en éprouve de la colère : l'enfance d'Emma lui a été volée. Il ne sait pas comment mais il se promet qu'il la lui rendra un jour. Juré !

– Mais non ! On va bien finir par tomber sur une île déserte. Peut-être même le pays enchanté, qui sait ?

– On peut pas, on n'est pas des enfants perdus puisqu'on a encore notre maman.

– On leur demandera de faire une exception. Maman pourra s'occuper d'eux, comme ça.

– Tu crois qu'elle pourrait les adopter ? Ça fait pas un peu trop ?

– Maman a suffisamment d'amour pour tous les enfants perdus du monde !

– C'est vrai, ça. Quand on rentrera à Paris, je lui en reparlerai…

Louis essuie ses larmes. Pour lui, il y a longtemps que Paris ne veut plus rien dire. Il a compris qu'ils n'y retourneront jamais. Et même, ce ne serait plus chez eux. Il n'y a plus de chez eux. Il n'y a que la mer.

La mer.

La mer.

Et encore la mer.

Toute plate et toute blanche. Avec peut-être des tas de choses dessous mais rien dessus.

Rien de rien. Pas de vagues, pas de poissons, pas de bateaux. Rien. Le soleil les aveugle. La mer finit même par disparaître. La ligne d'horizon se dissout. Ciel et mer, c'est pareil. Ils sont au milieu du rien.

Et soudain, Louis réalise qu'ils sont au milieu de tout, au contraire.

Que cette Méditerranée est le cœur de toutes les diasporas depuis que l'homme a quitté l'Afrique. Il y a eu des conquêtes et des croisades, des peuplements et des invasions, des migrations et des exils, les Phéniciens et les Grecs et même les Vikings, des guerres coloniales et du trafic d'esclaves, des explorateurs et des conquérants, l'odyssée d'Ulysse et l'expédition des Argonautes, les éléphants d'Hannibal et les pirates berbères, les expatriés fuyant les pogroms, les colons et les pieds-noirs, tous les opprimés des dictatures et les victimes de persécutions religieuses, et aussi tous les pauvres gens, simplement les pauvres gens.

Louis se sent au centre d'une sphère immense, translucide, inaccessible, sur le pourtour de laquelle gravitent tous les exilés et les déplacés et les migrants du monde depuis l'homo erectus, à la queue-leu-leu, ou se croisant sans se voir, dans tous les sens, à toutes les époques, dans une lumière aveuglante. Comme les autres sur la barque, Louis commence à délirer.

Le soir du deuxième jour, la brise se lève. Les vagues se creusent. La pluie se met à tomber. Tous ouvrent la bouche pour en recueillir quelques gouttes qui font un bien fou.

Le vent dissipe les odeurs. À part les hommes près du bastingage qui peuvent uriner dans la mer, les autres n'ont pas eu d'autre choix que de faire sous eux. L'eau au fond de la barque a une drôle de couleur, des choses flottent. La pluie va laver tout ça.

Malheureusement, l'averse s'intensifie et, à la nuit tombée, la tempête éclate. Le néant autour d'eux s'anime. Ils se sont plaint de l'indifférence de la mer à leur malheur, c'est désormais sa colère qu'ils doivent affronter. Ils ont subi le froid, la neige, et maintenant la tempête : pour les migrants, la nature est un ennemi. Encore un…

Montagnes de vagues, volcans d'écume, séismes de ressacs. Le monde qu'ils ont cru disparu se brise maintenant en mille morceaux. Les éclairs le déchirent. Plus rien n'est solide, il n'y a rien à quoi se raccrocher. Rien de certain, pas de repères. Le haut et le bas se confondent. La barque monte et descend, ils roulent les uns sur les autres. L'eau pénètre de partout, il n'y a plus d'intérieur ou d'extérieur, plus rien de sec, que de l'eau, dessous et dessus, dedans et dehors. Dans les éclairs, Louis devine la terreur des yeux révulsés, les prières et les bouches grandes ouvertes sur des cris inaudibles. On ne les entend même plus, on les voit à peine, ils vont bientôt disparaître.

Soudain, en dévalant une vague, l'arrière de la barque rebondit, et ceux qui s'y trouvent sont projetés dans les flots. Tout va très vite, le vent pousse la barque et la houle les emporte au loin. Louis voit Nicolas nager désespérément pour les rejoindre. Il a perdu ses lunettes. Louis se penche par-dessus bord au risque de sa vie pour attraper sa main. La barque tangue, monte et descend. Nicolas se débat. Louis comprend qu'il n'y arrivera pas. Juste avant de disparaître, Nicolas s'écrie :

– On se reverra !

Par miracle, Louis peut l'entendre :

– Où ? hurle-t-il.

Il a l'impression que Nicolas répond : « À Pharos… »

Et puis la vague l'emporte.

Au petit matin, ils ne sont plus qu'une vingtaine. Dans le fond rempli d'eau flottent des corps piétinés dans la panique ou noyés. La mer a retrouvé son calme.

Dans la barque, pas un mouvement non plus. Rien que des cris inaudibles. Des appels au secours silencieux. Des « à boire » et des « à l'aide » et des « mon Dieu » susurrés par des voix qui n'ont plus rien d'humain. Louis n'oubliera jamais ces voix, aussi longtemps qu'il vivra.

Quelques heures passent. Des heures ou des jours, ils ne savent pas. Le temps ne veut plus rien dire. Ils sont à bout de force. Ils ne sont déjà plus en vie. Ils n'existent plus.

Et soudain Chloé susurre, d'une voix que Louis reconnaît à peine :

– Un bateau.

– Les bateaux n'existent pas, répond Louis. Nous sommes les premiers hommes préhistoriques et nous peuplons le monde…

Il délire. Mais Chloé a raison, comme toujours : c'est bien un bateau.

III - ALEXANDRIE

J'ai l'habitude des blessures
et mon âme est patiente sous les coups,
car j'ai subi bien des maux sur la mer et dans la guerre.
Advienne que pourra…
Homère, *L'Odyssée*, chant XVII

1

Des jours plus tard, en passant devant un kiosque à journaux, Louis et Chloé verraient en première page la photo du corps d'un enfant échoué sur la plage. Ils reconnaîtraient le petit Antoine. Ils ne pleureraient pas, ils ne diraient rien, ils n'en parleraient jamais à personne. Mais, à ce moment précis, tous deux sentiraient s'enfoncer en eux une profonde haine contre laquelle ils passeraient le reste de leur vie à lutter.

2

Leur odyssée n'a pas pris fin si facilement.

« Après Charybde, dirait plus tard Louis aux rares gens qui s'intéresseraient à leurs malheurs, il restait Scylla ».

Le bateau qui les a secourus appartenait à une organisation humanitaire. C'était un vieux cargo rouillé qui sillonnait la Méditerranée pour venir en aide aux migrants en détresse. Ils étaient déjà nombreux à bord, certains en bien plus piteux état qu'eux.

– Si seulement il en avait existé des comme ça au temps de la croisade des enfants ! soupirerait Louis le lendemain.

– À l'époque, on risquait plutôt de tomber sur des pirates, répondrait Chloé.

– Voilà au moins quelque chose qui s'est amélioré. Tout le reste est plus ou moins pareil…

Mais au moment de monter sur le cargo, ils n'ont rien dit. Ils n'en étaient pas capables. À peine pouvaient-ils tenir debout. Ils sentaient des mains les soulever et les soutenir. Leurs yeux brûlés par le soleil devinaient des visages, les voix leur parvenaient comme sous l'eau le chant des sirènes.

Après, il y a eu des matelas sur le pont, des couvertures et du thé chaud, gorgée par gorgée. De la nourriture aussi, plus tard, une fois les organismes reposés.

Tout se passait sans eux, comme s'ils n'étaient pas vraiment revenus ou qu'ils ne reconnaissaient pas ces corps qu'on soignait comme leurs. Ils se laissaient faire. C'est ainsi lorsqu'on fuit : un dieu, Poséidon, le destin ou d'autres gens prennent les décisions à votre place.

Un jour, peut-être, ils retrouveront le droit de faire leurs propres choix.

Tout doucement, ils ont repris possession de leur corps. Leur gorge s'est desserrée, leur souffle s'est apaisé, les premiers mots sont revenus. Le monde a retrouvé sa netteté, les points noirs devant leurs yeux se sont estompés. Certains ont trouvé la force de pleurer. Ils ont remercié leurs sauveteurs et parlé de leurs proches qu'il fallait rassurer.

Les jours suivants, pour la première fois depuis longtemps, ils se sont sentis en sécurité. L'Arcus faisait tranquillement route vers Alger. La météo était favorable et il y avait assez de nourriture à bord. Pour passer le temps, Louis jouait aux échecs avec Anne ou Chloé. Le jeu de Nicolas avait été retrouvé au fond de la barque. Mais Anne le laissait gagner et Chloé détestait perdre. Alors, le plus souvent, il restait allongé sur le pont à regarder le ciel pour oublier la mer. Parfois, il se bouchait les oreilles. Bien des années passeraient avant qu'il ne se baigne à nouveau, toujours avec appréhension. La plus petite vaguelette résonnerait toujours du fracas de la tempête, et respirer l'air marin suffirait à raviver la tristesse. Elle semblait loin l'époque de leurs vacances à la plage. L'insouciance avait coulé à pic, son enfance était finie.

Un matin, la rumeur s'est propagée sur le pont : Alger refusait d'ouvrir son port à l'Arcus.

Depuis quelques mois, les polémiques enflaient dans les pays d'accueil. L'opposition algérienne prétendait que les organisations humanitaires faisaient le jeu des passeurs et que la seule présence de leurs bateaux en Méditerranée encourageait l'immigration. Complices des mafias, arguaient les uns ; effet d'appel d'air, expliquaient les autres. Le président algérien venait de dénoncer le cynisme des ONG, probablement pour plaire à son opinion, très majoritairement opposée à l'accueil des réfugiés. Autour de lui, Louis ne voyait que sacrifice et abnégation, des jeunes gens désintéressés qui venaient en aide à leur prochain par humanité, dans des conditions difficiles, certainement pas des cyniques. Des complices ? Jamais il ne lui serait venu à l'idée de les comparer aux criminels qui l'avaient abandonné en mer. À quoi pensaient ces gens pour oser dire des choses pareilles ? À leur intérêt politique, certainement. Aucun d'eux n'avait jamais mis le pied sur un bateau comme celui-ci, aucun n'avait jamais rencontré de passeur. Aucun n'avait jamais eu à tout abandonner pour sauver sa vie. Alors, qui était le plus cynique ?

Après Alger, c'est Rades, Bizerte, Tripoli et tous les ports d'Afrique du nord qui ont refusé d'accueillir l'Arcus, que Louis surnommait désormais l'Odysseus. À bord, l'inquiétude se lisait sur les visages. Il a fallu rationner l'eau et se contenter de barres protéinées pour tout repas. Fini les douches, les conditions d'hygiène se sont vite dégradées. Pour Louis et les siens, le répit prenait fin. Il n'avait duré que quelques jours, quelques jours ensoleillés à ne se préoccuper de rien, ni de la faim ni des balles perdues ni des policiers. Retour à la normale : incertitude et angoisse du lendemain. Et ce sentiment de rejet auquel Louis commençait à s'habituer : le petit garçon apprécié de tous était devenu un adolescent dont personne ne voulait. Rien de tel qu'un séjour sur la mer pour comprendre que, dans la vie, tout peut changer du jour au lendemain…

Les problèmes se sont aggravés. L'Union africaine a obtenu que le pavillon de l'Arcus lui soit retiré, sous prétexte qu'il était enregistré comme navire de commerce mais ne se consacrait qu'au sauvetage.

– On va devenir un bateau fantôme ? a demandé Emma à Malika, une bénévole qui leur rajoutait souvent un fruit ou une tranche de pain en cachette.

– Un bateau pirate, tu préférerais pas ?

– Les frères de la Côte !

Quelques journalistes libyens sont montés à bord. Ils ont pris des photos, interrogé les humanitaires, pas les réfugiés. Seule Anne a eu droit à une interview. Elle s'est sentie comme un extraterrestre qui viendrait de débarquer sur Terre. Les journalistes voulaient savoir d'où elle venait (de la planète Mars), pourquoi elle était là (pour conquérir la Terre), comment elle avait voyagé (dans une soucoupe volante). Comme si elle n'était pas de la même race qu'eux, comme si leurs pays n'avaient pas vécu il y a quelques années ce que le sien vivait aujourd'hui (notre planète se meurt, nous en cherchons une nouvelle). Ils lui ont uniquement demandé ce qu'ils voulaient entendre, pas ce qu'elle avait à dire. À leurs yeux, elle n'était pas un être humain, seulement une information, une donnée politique, un élément de débat.

Désormais, dans des pays dont ils ignoraient tout, dans des langues qu'ils ne comprenaient pas, des gens parleraient d'eux, ils les donneraient en exemple ou en contre-exemple, ils débattraient, polémiqueraient, philosopheraient, ils les récupéreraient, les accuseraient, les utiliseraient, sans jamais leur demander leur avis.

Ils n'étaient pas le jouet d'un dieu, de Poséidon, ou du destin : simplement des gouvernements des hommes.

Bientôt, on a appris que la Tunisie demandait le placement sous séquestre de l'Arcus. Quelque part, sur la terre ferme, une bataille judiciaire s'engageait. L'avenir des passagers en dépendait. Dans des bureaux, bien au sec, bien au chaud, des gens allaient prendre des décisions. Louis avait l'impression de vivre dans une réalité parallèle.

– Ils nous accusent de faire passer des terroristes cachés parmi les migrants, a soupiré Malika.

Avec sa bonne humeur, cette jeune femme courageuse avait su redonner espoir à Louis. Maintenant, elle avait l'air désabusé. Elle pouvait se battre contre la mer et la tempête, pas contre le mensonge et la bêtise.

Louis a regardé autour de lui. Il a vu une mère qui allaitait son bébé. Elle avait accouché sur l'Arcus quelques jours plus tôt. Le bébé ouvrait de grands yeux bleus. Il se prénommait Jonas. Il a vu deux adolescents prostrés l'un contre l'autre. Leurs parents avaient disparu en mer. Ils se connaissaient à peine mais n'avaient personne d'autre à qui se raccrocher. Il a vu un homme qui ressemblait à un squelette. Le seul survivant d'une embarcation où tous les autres étaient morts de faim.

Aucun d'entre eux n'aurait fait de mal à une mouche. Alors, poser des bombes…

– Ils disent aussi qu'on contribue à propager des maladies. Que vous présentez un risque de contamination…

– Ils croient quoi, qu'on a la gale ? a grogné Chloé.

– Moi, j'ai des poux, a soupiré Emma. C'est peut-être pour ça ?

Tout le monde a ri. Ce fut un premier rayon de soleil dans la tempête.

L'éclaircie est venue le lendemain : une ville acceptait enfin de leur ouvrir son port.

– Le maire a dit que c'était une question de décence, exultait Malika. Il reste des gens bien !

Sur le pont, tout le monde applaudissait et se tombait dans les bras.

– C'est quelle ville ? a demandé Louis.

En réalité, il connaissait déjà la réponse.

Alexandrie !

Louis a souri. Alexandrie, le comptoir du monde, la ville d'Alexandre le Grand ! Alexandrie, le rendez-vous des savants de l'Antiquité, le phare du monde méditerranéen ! Alexandrie, où le Calife rendit leur liberté aux enfants de la croisade ! Alexandrie, où Nicolas les conduisait sains et saufs, depuis le royaume de Poséidon.

Pour le remercier, Louis a récité Homère : « Il y a une île, au milieu de la mer onduleuse, devant l'Égypte, et on la nomme Pharos… »

Sans se souvenir que Ménélas, qui prononce ces mots, y fut retenu huit ans loin de chez lui par la colère des dieux.

3

Ils ont débarqué dans une atmosphère de fête. Pour un peu, ils se seraient crus sur un paquebot arrivant à New York dans un vieux film en noir et blanc. Ne manquait que la statue de la Liberté.

L'Arcus a contourné une péninsule. « C'est l'ancienne île de Pharos, a expliqué un vieux monsieur. Elle a été rattachée au continent ». Une grande forteresse se dressait à l'extrémité, avec des tours crénelées. « La citadelle de Qaitbay. Elle a été construite à l'emplacement du phare ».

Une forteresse pour défendre la ville à la place d'un phare pour guider les navires : signe des temps…

À l'entrée de la rade, Alexandrie a surgi, avec ses palais sur fond d'immeubles modernes et ses minarets. Des médecins sont montés à bord pour un premier examen.

– Tu te rappelles Ellis Island ? a demandé Louis à sa mère.

Quelques années plus tôt, Thomas les avait emmenés à New York. Ils avaient visité le vieux centre d'immigration transformé en musée, les pavillons de quarantaine où échouaient ceux que refusait l'inspection d'hygiène, l'hôpital, les salles d'interrogatoire. Des millions d'Européens y étaient passés en quête du rêve américain.

– Des millions ! En voilà des histoires pour quelques dizaines de personnes !

Les médecins du Croissant-Rouge les ont traités aimablement. Des étudiants souriants jouaient les interprètes. L'errance de l'Arcus avait suscité un élan de solidarité dans tout le pays.

– Ne t'y fie pas, a susurré Malika à l'oreille de Louis juste avant de débarquer. Tout ça, c'est encore de la politique. Le président égyptien veut donner une leçon à l'Union africaine. C'est un chantage moral. Il se sert de vous, comme les autres…

Elle a pris les enfants un par un dans ses bras.

– Au moins, toi, tu n'as pas peur des poux ! a dit Emma.

– Tu as tout compris, Emma. Ces gens-là ont peur. De tout et tout le temps. Ils ont même peur des poux et des petits enfants.

– Est-ce qu'ils ont peur aussi d'eux-mêmes ?

Sur le quai, on les a orientés vers des tentes à l'écart des journalistes. Les hommes d'un côté, les femmes et les enfants de l'autre. Chacun a eu droit à un kit contenant des produits d'hygiène et des vêtements. Ils se sont douchés et changés. Leurs vieux habits empilés dans un coin seraient brûlés. Un fonctionnaire a pris leurs noms, leurs empreintes digitales et photocopié les papiers de ceux qui en avaient. On les a ensuite fait monter dans des cars à destination d'un centre d'accueil.

Les flashs crépitaient derrière eux.

4

Le soir, dans son lit, Louis repense souvent à ces moments.

Au centre d'accueil, on entend tous les bruits des voisins, les bébés pleurent, il a du mal à dormir. Alors, il repense au passé. Semaine après semaine, les souvenirs de Paris s'estompent. Le bonheur semble si loin qu'on en vient à douter qu'il ait existé.

Mais oublier, ce serait trahir son père. Thomas se trouve peut-être encore là-bas. Alors, chaque soir, Louis se remémore Paris. Il passe ses souvenirs en revue et imagine Thomas dans tous les endroits dont il se rappelle. À Montmartre, place du Tertre. Aux Buttes Chaumont. Sur les quais de Seine. Même dans leur appartement, en train de lire son journal pendant qu'Anne prépare le dîner.

Qui peut savoir à l'avance ce qu'il regrettera un jour ?

Malgré tout, Louis sait qu'ils ont de la chance. Ils ont droit à leur propre chambre, on ne les met pas à la porte le matin. C'est parce qu'ils sont une famille, et aussi grâce à la médiatisation de l'Arcus. D'autres dorment dans la rue pendant des mois avant d'être traités comme eux.

Ils vivent dans un préfabriqué. Trois chambres par module, trois modules empilés les uns sur les autres, sur les quatre côtés d'un carré, portes vers l'intérieur. Il y a dix de ces lotissements dans cet immense hangar à bateau de l'ancien port. Louis pense à des camps de bohémiens ou à des chariots de pionniers en route vers l'ouest. On se croirait dehors mais on ne l'est pas : vingt mètres plus haut, le toit cache le ciel.

À l'intérieur, ils disposent d'une table en métal entourée de trois lits et d'un casier de vestiaire dans le coin, le tout scellé au sol pour éviter les vols. Il y a une ampoule nue au plafond, un signal d'évacuation rouge au-dessus de la porte pour être bien sûr de ne jamais oublier le danger, et une photo de la tour Eiffel au mur.

Rien d'autre. Il faut se dire que c'est toujours mieux que la rue…

Avec sa mère, les relations sont difficiles. Peu après leur installation, Anne est tombée malade. D'après Marie, elle fait une dépression. Un psychologue du centre a expliqué que c'est le contrecoup de ce qu'ils ont vécu, que c'est normal. Alors pourquoi Marie ne fait pas de dépression ? Ni Chloé, ni Emma ? Ils ont tous vécu la même chose, non ?

Inconsciemment, Louis en veut à sa mère. Pourquoi elle ? Pourquoi eux ? Marie travaille comme femme de ménage mais Anne ne fait rien à part nettoyer leur chambre, encore et encore. Elle a des cernes sous les yeux. Louis déteste la voir dans cet état. Surtout qu'il a l'impression qu'elle n'essaie pas de s'en sortir.

– Va prendre l'air, ça te fera du bien !

À l'époque, c'est ce qu'elle lui répétait quand il passait sa journée à jouer à la console.

Une fois, elle lui a répondu :

– À quoi bon ? On est bien, ici. Ces gens-là sont déjà bien gentils de nous accueillir, on ne va pas en plus les embêter, non ?

Louis comprend qu'elle a honte. Elle ne veut pas qu'on la remarque, surtout pas qu'on puisse se plaindre d'elle. Comme s'ils avaient voulu venir ici ! Comme s'ils avaient eu le choix !

Alors, en attendant, Anne ne quitte jamais le centre et cherche à se faire la plus discrète possible. En attendant quoi ? Un jour, qui sait… Elle est comme un papillon qui s'est brûlé les ailes à la lumière d'un phare qui n'existe même plus. Les mirages aussi tuent…

Le pire, c'est qu'elle voudrait que ses enfants fassent pareil. Elle les surveille. Emma n'a pas le droit de sortir. Il y a une école pour les petits dans le centre, elle s'y est fait des copines, mais Louis la trouve triste.

Au début, il a participé à des ateliers. On lui a demandé de dessiner leur histoire pour extérioriser ses traumatismes. Au bout d'un moment, il en a eu marre d'être traité comme un bébé. Les autres n'arrivaient peut-être pas à raconter mais lui aurait pu, ses parents lui ont toujours appris à mettre des mots sur ce qu'il ressent. En réalité, personne ne voulait vraiment entendre ce qu'il avait à dire.

Il a aussi pris des cours d'arabe mais il trouve qu'il apprend plus vite dans la rue. Tous les prétextes sont bons pour échapper au centre dès qu'Anne a le dos tourné.

– On fait quoi ce matin ?

– La même chose que d'habitude, non ?

Il y a de l'amertume dans la réponse de Chloé. Depuis leur arrivée, Louis la trouve pleine de colère. Il a beau répéter que ce ne sont pas les Égyptiens qui bombardent Paris, Chloé les rend responsables de leur malheur. Oublié l'accueil qu'ils ont reçu, elle ne voit plus que le rejet au quotidien, le racisme, la haine ordinaire, les gens qui changent de trottoir, ceux qui les surveillent au cas où ils poseraient une bombe, les « sale blanc », les regards culpabilisants qui disent qu'on n'a que ce qu'on mérite. Et aussi la commisération, les « on ne peut pas accueillir toute la misère du monde », cette façon de leur faire comprendre qu'ils devraient s'estimer heureux, que le simple fait d'avoir été accueillis leur retire le droit de se plaindre. Ils devraient baisser les yeux, dire merci et se conformer à l'idée du migrant que se font les gens qui n'ont jamais eu à fuir leur pays.

– On n'est pas des migrants, s'énerve Chloé. C'est les gnous qui migrent. Ou les oiseaux. Nous, on n'est pas des animaux. On est des réfugiés, et un réfugié, ça a des droits. Il y a des conventions internationales. Exilés, déplacés, demandeurs d'asiles, d'accord ! Mais migrants, ça veut dire quoi ? Rien du tout ! Ils nous appellent comme ça pour ne pas avoir à appliquer les lois. Ils peuvent se contenter de jouer les généreux. Tu sais ce qu'ils peuvent en faire de leur générosité ?

Parfois, Louis ne la reconnaît plus. Qu'il semble loin, le baiser dans les fourrés !

En général, ils vont au centre-ville. Même après leur odyssée, ce cours trajet leur semble une expédition. Ils savent que personne ne veut les voir se promener, qu'ils sont censés rester entre eux. Les regards leur font partout des frontières. Moins de deux cents kilomètres les séparent des pyramides, et pourtant elles ont l'air bien plus loin qu'avant…

Ils commencent par faire un peu la manche dans le métro, pour leur argent de poche de la journée. Sur un carton, Chloé écrit « famille française » en arabe. Un type leur avait vendu un écriteau très cher mais des policiers le leur ont confisqué. Alors Chloé a appris. Elle sait écrire ces deux mots, rien d'autre. Au début, Louis voulait chanter ou faire des tours, comme dans *Sans famille,* mais il a dû se rendre à l'évidence : il est plus rentable de faire pitié.

Il arrive que les choses tournent mal. S'ils trouvent un bon emplacement, d'autres cherchent à prendre leur place. On essaie de leur voler leur recette. Parfois, c'est le service de sécurité du métro qui les déloge à coups de pied. Un jour, un vieux pervers a même fait des avances à Chloé. On s'habitue à tout : à s'asseoir parmi les ordures et les rats, aux insultes, aux crachats, même aux coups. Il faut savoir courir vite.

L'après-midi, ils ont rendez-vous avec Nathan sur la jetée, au bout du port. La plage est réservée aux touristes, la police fait la chasse aux réfugiés. Alors, ils ont l'habitude de s'installer sur les rochers, le long de la corniche, pour regarder passer les gens. S'ils ont mendié assez d'argent le matin, ils achètent une glace à un marchand qui n'a pas peur qu'ils le volent.

Nathan, ils l'ont rencontré au centre d'accueil. Dans sa famille, ils sont chrétiens pratiquants, c'est mal vu en Égypte. Son père n'a pas trouvé de travail. Aujourd'hui, ils ont leur carte de réfugié mais ils vivent dans un campement sous une bretelle de l'autoroute du Caire.

Louis et Chloé montent dans un bus, par la porte arrière. Évidemment, ils n'ont pas de quoi payer. Les gens les regardent de travers. Le chauffeur fait une annonce : « Attention, des pickpockets sont susceptibles d'agir dans ce bus, merci de surveiller vos affaires personnelles ». En d'autres temps, Louis aurait détesté qu'on le prenne pour un voleur.

Désormais, c'est ce qu'il est devenu, presque sans s'en rendre compte. Il ne se dit pas que c'est bien ou mal, il vit avec. Qu'il le soit ou non ne changera rien au regard des gens. Dans leur situation, soit on se juge de façon morale et on finit comme Anne par se détester, soit on s'autorise un peu de compassion pour soi-même.

Sur le front de mer, Nathan n'est pas encore arrivé. Ils s'assoient à l'ombre d'un palmier pour l'attendre. De la jetée, on voit la nouvelle bibliothèque : un complexe circulaire en béton et en verre avec un toit en pente qui descend vers des bassins, et une paroi extérieure gravée d'inscriptions dans toutes les langues.

– C'est moche !

Chloé trouve tout moche à Alexandrie mais, en l'occurrence, Louis ne peut pas lui donner tort.

– Plus que la BNF ?

– Pareil !

– Pour une fois, on n'est pas dépaysé…

Et puis, l'important n'est pas le bâtiment mais la rencontre qui attend Louis à l'intérieur. Une bibliothèque pareille doit contenir des livres de Nicolas, Louis sait qu'il a rendez-vous avec son oncle sur un rayonnage. Il va enfin le lire, sans avoir à demander la permission à personne. Mais, pour l'instant, il n'ose pas entrer, il a l'impression qu'on va le refouler ou que tout le monde va se retourner sur son passage. Il se contente d'aller voir la statue de Ptolémée sur le parvis. Dans l'Antiquité, elle ornait l'entrée du phare. Une expédition archéologique l'a repêchée dans le port, brisée en quatre blocs, immergée depuis des siècles par huit mètres de fond. Du visage érodé ne restent guère que les deux trous des yeux mais, pour Louis, ce sont les traits de Nicolas, lui aussi sauvé des eaux. Ptolémée II, dit Philadelphe : qui aime son frère. Le Pharaon lettré qui consacra l'hégémonie intellectuelle d'Alexandrie sur le monde hellénistique. Cette statue, c'est un peu la nouvelle tour Eiffel de Louis. Ses doutes et ses chagrins, c'est toujours à elle qu'il vient les confier. Et il vient souvent…

Ils attendent un bon moment. Comme toujours, Chloé chante *Alexandrie, Alexandra,* pour se moquer. Nathan n'est pas du genre à oublier un rendez-vous. Il a dû se passer quelque chose. Finalement, ils décident d'aller le voir au campement. Ils n'ont rien de mieux à faire, à part traîner en ville. Pour une fois qu'ils ont l'impression d'avoir un but…

Devant la gare de Misr, la police les contrôle. Louis aime cette gare, elle lui rappelle la gare du Nord. Pas loin, il y a un parc squatté par ce que les gens d'ici appellent des mineurs isolés : des adolescents venus d'Europe sans leurs parents. Ils n'ont rien ni personne, refusent toute aide et vivent entre eux. Pour Louis, ils sont les descendants de la croisade. Toute la journée, ils sniffent de la colle dans un sac en plastique et vivent de vols. Ils entrent et sortent de prison à longueur de temps. Placés en foyer, ils s'évadent et reviennent au square. Même Chloé n'ose pas leur adresser la parole.

Louis montre aux policiers le papier qu'on lui a donné au centre d'accueil : en attente de visa. En général, c'est suffisant, sauf si les policiers font du zèle. Aujourd'hui, il y en a un qui a l'air de mauvaise humeur. Louis baisse prudemment les yeux. Le problème, c'est Chloé…

Le policier leur dit quelque chose très vite en arabe. Ils ne comprennent pas. Il répète encore plus vite. Ils ne comprennent toujours pas. Le policier s'énerve. Il agite les papiers.

– On comprend rien à ce que tu baragouines, grommelle Chloé en français.

Immédiatement, la gifle claque.

– Parle en arabe, sale franzaoui. T'es pas chez toi, ici !

Chloé n'a pas baissé les yeux. Elle dévisage le policier avec haine. Louis soupire. Il sait qu'il va y avoir droit. Dans ces cas-là, c'est toujours le garçon qui trinque. Allez, ça ne rate jamais ! En avant pour la fouille au corps, plaqué au sol, un genou enfoncé dans le dos.

– Mets des gants pour pas te salir les mains, conseille le policier énervé à celui qui fouille.

Il n'en faut pas beaucoup pour les faire rire… Louis ne se débat pas, ils n'attendent que ça. Palpation, insultes, réquisition de l'argent gagné le matin. La routine…

– Vous pouvez pas nous garder en prison ni nous expulser, on est mineurs et on vient d'un pays en guerre.

Chloé s'amuse…

Finalement, ils les laissent repartir. Bilan : une joue rouge, des bleus dans le dos et une humiliation de plus. C'est une habitude à prendre. L'orgueil, ça ne sert qu'à ramasser des coups mais on a du mal à y renoncer quand on n'a plus rien d'autre.

– Ils faisaient moins les malins quand Napoléon les a envahis !

– Eux doivent se dire que les Arabes sont allés jusqu'à Poitiers…

5

Le campement se trouve sous une bretelle de l'autoroute du Caire, non loin du principal centre d'hébergement d'urgence d'Alexandrie. Ceux qui n'y ont pas été admis et ceux qui en ont été exclus préfèrent ne pas trop s'en éloigner. Le soir, on les voit faire la queue dans l'espoir d'une place au chaud pour la nuit. Une cinquantaine de chanceux ont droit à un lit en dortoir, jusqu'à 7h du matin. Les autres se contentent d'une soupe distribuée par des bénévoles et se font examiner par un médecin du Croissant-Rouge. Bref, ils profitent en voisins des commodités toutes relatives offertes par la proximité du centre.

Après, direction le campement.

Il ne fait jamais très froid, à Alexandrie. Il ne pleut pas beaucoup. Mais pouvoir s'isoler, c'est vital. Le regard des autres brûle s'il ne réconforte pas. Les regards de colère, de pitié, de mépris, même les regards de jalousie de ceux qui ont encore moins que vous.

Et puis, pouvoir dire « chez moi », même si on parle d'une vieille tente sale distribuée par une association caritative et plantée dans la boue. Ou d'un banc public. D'un recoin sous un pont. D'un carton dans un couloir de métro. Même si on ne peut rien y laisser, même si tout est volé, même si la toile ne protège d'aucune agression.

C'est dans la tête : quand on erre toute la journée, on rêve d'avoir quelque part où rentrer, un but qui donne du sens à ce qu'on fait pendant la journée, même si on ne fait rien. « Chez moi ». Un sentiment de sécurité dérisoire qui ne dure jamais longtemps. Et aujourd'hui, la police est là.

Une évacuation.

La troisième cette année, toujours avec les mêmes prétextes : l'hygiène, la sécurité, démanteler une organisation terroriste.

Il y a des fourgons, des cars pour le transfert et beaucoup de caméras. Le gouvernement veut donner la sensation qu'il agit. Le camp sera rasé, les familles placées en accueil provisoire. Pendant quelques jours, les autres dormiront dans les squares ou sur les berges de ce lac Mariout où on repêche parfois le cadavre de l'un d'entre eux, noyé un soir d'ivresse, poignardé pour trois fois rien, rarement suicidé : arrivé à ce point, on ne se suicide plus. Après, ils reviendront et le camp sera reconstruit, au même endroit ou un peu plus loin. Le peu qu'on avait aura été perdu, il faudra tout recommencer encore et encore, parce que telle est leur vie désormais : un présent constant, un éternel recommencement.

Louis et Chloé contournent le cordon de police. Ils connaissent bien le camp.

Ils trouvent Nathan assis sur le toit d'un baraquement en bois. Il observe les policiers de loin.

– On t'a attendu, lance Louis sur un faux ton de reproche.

– Excuse, j'ai évacuation !

Ils rigolent.

– C'est nouveau ? remarque Chloé en désignant le baraquement.

– Construit la semaine dernière avec du bois de chantier. Dans une heure, tout sera parti en fumée. Vanitas vanitatum…

Nathan cite souvent la Bible. C'est lui qui a parlé à Louis de la fuite en Égypte, quand Joseph et Marie s'échappent avec l'enfant Jésus parce qu'Hérode fait massacrer les nouveau-nés. Cette histoire donne du sens à l'exil de sa propre famille, elle lui rend du courage. Nathan se prend un peu pour le Christ, parfois…

– Tu les trouves toujours aussi accueillants, tes Égyptiens ?

Chloé a pris l'habitude de titiller Nathan à ce sujet. Aucune religion ne trouve grâce à ses yeux. Elle prétend ne croire en rien mais Louis soupçonne que ce n'est qu'une façon d'exprimer sa révolte.

– Je n'oublie pas que les enfants d'Israël sont venus se réfugier en Égypte du temps de Joseph, le fils de Jacob. Ni que les Égyptiens les ont ensuite réduits en esclavage jusqu'à ce que Moïse les ramène au pays de Canaan, des siècles plus tard. C'est pareil partout et de tout temps : « Ça s'en va et ça revient… » chantonne-t-il.

Et désignant les policiers qui approchent :

– Voilà les soldats de Pharaon. L'exode est proche. Nous aussi, nous devons traverser le désert…

Il arrive que Louis ait un peu de mal à suivre Nathan. Ce petit bonhomme à la santé fragile lui rappelle Mateo, en moins débrouillard. Au début de la guerre, sa famille s'est réfugiée en Suisse. Ils ont pu prendre un avion pour le Moyen-Orient. Nathan n'aurait jamais survécu à un voyage comme celui de Louis et Chloé.

Les trois enfants regardent avancer les policiers. Les soldats de Pharaon sont armés comme pour partir à la guerre. Ils crient des ordres, poussent les gens vers les cars et lacèrent les tentes pour les rendre inutilisables.

Derrière eux viennent des hommes en combinaison blanche, les mains gantées, un masque de protection sur le visage. On dirait une catastrophe atomique. C'est radioactif, un réfugié ?

Ils arrachent les tentes et font des tas avec tout ce qu'ils trouvent dedans. Une fois l'opération finie, ils y mettront le feu. Personne n'aura rien pu emporter.

Louis regarde autour de lui. Il voit deux pantalons troués qui sèchent sur un fil, une poule déplumée qui picore dans la boue, une pile de cartons mouillés, une vieille chaise de bureau sans les roues, des seaux pleins d'eau de pluie, un réchaud à gaz et une casserole sous un abri en tôle, un bébé tout nu qui pleure dans un panier aux pieds de sa mère, des tas de palettes, un matelas boueux posé à même le sol, une poupée déchirée, un drapeau français sur une tente, un caddie de supermarché plein de boîtes de conserve vides, des sacs en plastique, un vieux grille-pain. À quoi sert un grille-pain dans un campement où il n'y a pas l'électricité ? Pour l'illusion de normalité ? Louis a la vision fugace des tartines de confiture de fraise que Thomas leur préparait pour le petit-déjeuner, à Paris, avec un grille-pain identique à celui-ci.

Juste avant que les policiers n'arrivent.

– Descends de là, crie le premier en essayant d'attraper la jambe de Nathan.

Le garçon l'évite et recule sur le toit.

Un autre policier donne un grand coup de pied dans le baraquement, qui s'effondre. Nathan tombe au milieu des débris. Le policier l'attrape par le bras.

– Tu fais moins le malin, maintenant !

Nathan se débat. Il a une petite croix en métal doré autour du cou. Le policier la lui arrache.

– Pas de ça ici. Les croisés, on n'en veut pas !

Et il la jette dans la boue. Nathan hurle. Le policier le retourne et le plaque au sol. Chloé se jette sur lui mais il la remarque à peine. Il est protégé par son casque, son plastron et sa haine. Ses collègues, occupés avec les autres tentes, remarquent l'incident. Les parents de Nathan qui accourent sont interceptés.

Sans réfléchir, Louis attrape le grille-pain et le lance de toutes ses forces. Le policier le reçoit en plein menton, juste sous la visière. Il tombe à la renverse.

Pas le temps de cogiter : Louis soulève Nathan et ils s'enfuient tous les trois vers le fond du campement. Des policiers se lancent à leur poursuite mais ils se prennent les pieds dans les fils. Ils sont lourds, ils glissent dans la boue. C'est la panique. Des gens se mettent à courir partout. Les coups de sifflets. Les sirènes. Des ordres dans un haut-parleur. Les enfants se faufilent sous une palissade. Un terrain-vague sous l'autoroute. Un accotement. Un tuyau d'évacuation vide qui donne de l'autre côté des voies. Quelques jardins à l'abandon qui communiquent les uns avec les autres. Enfin, la rue.

L'avantage de passer sa vie à fuir, c'est qu'on sait bien qu'il y a toujours un autre endroit où aller.

6

Ils regagnent le centre-ville par les petites rues. Ils les connaissent par cœur, pour y avoir souvent traîné. Les ruines gréco-romaines, les jardins, les mosquées : dans d'autres circonstances, Alexandrie les aurait fascinés. La plus grande ville du monde grec, frappée par les tremblements de terre et les raz-de-marée, à peine un village ensablé quand Bonaparte y a débarqué avec son armée. Le tombeau d'Alexandre le Grand est enfoui quelque part sous leurs pieds. Le passé est partout, on chemine sur les nécropoles. Oui, dans d'autres circonstances, Louis et ses amis auraient pu vivre heureux à Alexandrie. Dans d'autres circonstances…

– Ils vont nous attendre au centre d'accueil. Cette fois, on est bon pour l'expulsion. Tout ce périple pour rien ! se désole Louis.

– Au moins, on aura droit à un charter. Ce sera plus confortable… répond Chloé.

– T'en as pas marre de plaisanter ?

– Je plaisante pas ! Je préfère encore les bombes à toute cette misère et tout ce mépris. Même la mort, tiens !

Louis la regarde droit dans les yeux. Elle est sérieuse. Louis pense : ils nous ont même pris l'envie de vivre. Leur pays, leur jeunesse, l'envie de vivre. Après, on s'étonne qu'il y en ait qui posent des bombes…

Louis ne veut pas de ça. Pas question de tout rejeter en bloc !

Au cours de son exil, il a vu des gens généreux et des salauds, en France comme ailleurs. Il y en a qui ont essayé de se mettre à sa place. Il veut faire pareil avec les Égyptiens.

Leur égoïsme, leur colère, il essaie d'en comprendre les raisons. Ils sont prisonniers de leurs préjugés et de leurs peurs. Parce qu'eux aussi ont peur. Tout le monde a peur. On se replie sur soi pour se protéger, on attaque avant d'être attaqué. Louis les plaint. Il se sent empli de compassion pour ces gens qui le détestent.

Il se dit qu'il faut bien que quelqu'un tende la main le premier. On croirait que c'est plus facile quand on a une maison, un lit et qu'on mange à sa faim. Peut-être pas. Peut-être que c'est plus facile de tendre une main vide qu'une main qui s'agrippe à quelque chose.

Au fond de lui, Louis sent bien que ce devrait être le contraire. Mais tant pis ! Il faut se forcer à faire le premier pas, sinon tout le monde s'enfonce dans la haine, comme Chloé. Rien ne fait plus mal à Louis que de la voir dans cet état.

Ils marchent dans une ruelle déserte. Au loin, on entend les sirènes de police. Le sol est jonché de détritus. Chloé donne un coup de pied dans une bouteille vide.

– Regarde comme c'est crade ! Et si un Français bosse comme éboueur, ils lui reprochent de voler le travail d'un Égyptien !

– J'ai entendu dire qu'ils ont établi des quotas, soupire Nathan.

– Des quotas de quoi ?

– Des quotas de nous. Ils vont se répartir les exilés par pays. On sera peut-être envoyés au

Soudan ou en Éthiopie. Dans un village au milieu du désert…

– Là d'où est parti l'homo erectus. Retour au point de départ. La boucle est bouclée !

– Ce ne sera pas pire qu'ici…

– Toi et tes rêves de traversée du désert !

Ils sont revenus devant la gare. Parmi la foule, ils se sentent en sécurité. Ici ou là, il y a des petits groupes de Français assis sur des murets. Ils ne disent rien. Ils fument, le regard vide. On ne sait pas ce qu'ils font. Ils n'ont pas l'air de mendier. Ils attendent, tout simplement. Quoi ? Rien. Il n'y a rien à attendre. Ils n'ont pas de travail, pas de maison où rentrer, personne ne les attend nulle part. Personne n'attend rien d'eux. Le matin, ils quittent leur abri. Le soir, ils y retournent. Entre-temps, ils essayent de rester en vie. Pourquoi ? Qui sait…

Eux aussi ont été attirés par le flambeau d'un phare qui n'existe plus. C'est comme ces étoiles dont l'éclat nous parvient encore : on met parfois longtemps à comprendre qu'elles se sont éteintes. Ils auraient pourtant pu l'imaginer car leur pays natal aussi avait eu ses Lumières, autrefois. Un phare culturel qui ne brillait plus guère longtemps déjà avant de s'effondrer

Parfois, on s'aveugle à fixer la lumière.

– Tu veux devenir comme eux? grogne Chloé.

– On ne sera jamais comme eux.

– Et pourquoi?

– Parce qu'on n'est pas tout seuls…

La façon qu'il a de prononcer ces mots fait rougir Chloé. Elle comprend ce qu'il sous-entend. Et c'est vrai. Ils sont là l'un pour l'autre. C'est leur vraie chance. Depuis le début. Quand on aime quelqu'un aussi fort, on peut aimer aussi les autres. C'est aussi simple que ça.

– Et moi, alors? demande Nathan.

Ils rient.

En les entendant parler français, un homme s'arrête pour leur demander son chemin:

– La bibliothèque, c'est par où?

Louis lui indique la direction. L'homme porte un gros sac à dos très lourd. Il transpire sous sa casquette. Par-dessus ses lunettes de soleil, il dévisage les enfants un par un, l'air méfiant. Finalement, il sourit d'un air mauvais et fourre un gros billet de banque dans la main de Louis.

– Merci, les mômes.

Et il s'en va.

Le billet dans la main, Louis reste stupéfait. Cet homme, il l'a reconnu. Pas Chloé.

– Mais si, c'est un des barbus qui nous suivaient à la frontière espagnole !

– Comment tu peux en être sûr ? C'était il y a longtemps. En plus, il faisait nuit.

– C'est lui, je te dis. Il s'est rasé la barbe !

– Et alors ? C'est interdit ?

– Il ne veut pas qu'on le reconnaisse. Je suis sûr qu'il prépare un mauvais coup !

– Il avait l'air lourd, son sac, intervient Nathan.

– Une bombe ! Ce type prépare un attentat !

Chloé éclate de rire.

– Voilà que tu te mets à voir des terroristes partout, toi aussi. Bravo ! C'est le début de l'intégration…

Louis rougit un peu.

– Le père de Mateo a dit que c'étaient des criminels…

Le ton est déjà moins convaincu.

– Arrête de délirer ! Qu'est-ce que tu veux ? Une médaille ? Tu crois que les choses iront mieux si tu joues les héros ?

Louis baisse les yeux. Il n'est pas sûr d'avoir tort mais il se sent un peu ridicule.

– Viens, on va casser le billet pour partager en trois, histoire que la journée soit pas complètement foutue. Si t'as peur de devenir complice des terroristes, tu peux toujours me laisser ta part…

7

Toute la nuit, Louis y repense.

Ils sont rentrés sans problème au centre d'accueil, personne ne les y attendait. Louis y a vu le signe que les forces de l'ordre étaient affairées ailleurs. Toute la soirée, il a tendu l'oreille, aux aguets d'une explosion lointaine ou de sirènes, comme à l'époque, à Paris. Chloé a levé les yeux au ciel :

– L'explication est plus simple, mon pauvre : ils n'en ont rien à foutre. Les flics ont autre chose à faire que nous courir après. La presse qui va faire ses gros titres du démantèlement du camp parlera de résistance aux forces de l'ordre pour effrayer les bourgeois, pas besoin de préciser qui ni comment. D'autant qu'un coup de grille-pain, il n'y a pas de quoi faire trembler dans les chaumières. Non, ils s'en tapent. Nous expulser coûterait certainement plus cher qu'autre chose, et je te parle pas des emmerdements…

Mais, dans son demi-sommeil, Louis n'en démord pas : l'homme qui leur a parlé était un des barbus de la frontière et il allait poser une bombe à la bibliothèque.

Louis s'en veut. Et s'il y a des morts ? Et s'il avait pu empêcher un carnage ?

Il a l'impression d'avoir renoncé à intervenir de peur qu'on ne le remarque, comme sa mère. D'avoir cédé à Chloé et sa rancune envers les Égyptiens. De s'être désintéressé de son prochain. D'avoir trahi son père et ce qu'il lui a enseigné…

Alors, il rêve.

Il rêve qu'il poursuit le terroriste dans les ruelles. Il rêve qu'il débouche hors d'haleine sur le parvis de la bibliothèque au moment où l'homme pose son sac au pied de la statue de Ptolémée. Il rêve qu'il crie pour prévenir les passants et que l'homme prend peur et qu'une fusillade s'engage avec une patrouille de police et que les gens s'enfuient en hurlant et que le terroriste est abattu.

Louis rêve qu'il est blessé, qu'il tombe et que les gens viennent s'occuper de lui pendant que la police désamorce la bombe.

Il rêve qu'il est un héros.

Il rêve que la presse l'interviewe et que le président de la République l'invite au Caire, dans son palais d'el-Orouba.

Il rêve que le président prononce un discours devant les caméras avant de lui remettre une médaille, qu'il parle des valeurs de l'Égypte, de sa longue tradition d'accueil, de sa vocation universelle, et Louis, qui a vu la misère des camps de réfugiés, acquiesce sans rien dire, conscient de faire partie d'une stratégie de communication qui le dépasse, il remercie même le président et l'Égypte et tous les Égyptiens, il dit que l'Égypte est le pays des droits de l'homme, que c'est un grand pays, tout ce que les gens veulent entendre.

Il rêve qu'il raconte son parcours à la demande d'un journaliste et qu'il évoque un par un tous ceux qu'il a laissés en chemin, tous ceux qui n'ont pas eu la même chance que lui et dont personne ne parle jamais, en laissant couler les larmes qu'il a retenues trop longtemps. Des larmes pour les Legrand, échoués sur le rivage, trop vieux, trop faibles pour avoir droit à un avenir. Des larmes pour Max, réduit en esclavage, vendu comme une bête, fouetté, exploité. Des larmes pour Mateo et les siens, rejetés de partout, méprisés, proscrits. Des larmes pour Antoine, son innocence submergée, et pour son père qui a survécu à sa femme et son fils. Des larmes pour Nicolas, le naufrage de ses beaux rêves, tout ce en quoi il croyait, pour toute sa culture engloutie, tout ce savoir pour rien, au fond des eaux, avec les ruines d'une bibliothèque millénaire, toute une histoire d'échanges et de pensée, emportée par un raz-de-marée de haine.

Il rêve qu'il essuie ses larmes et qu'il reçoit sa médaille.

Mais surtout, il rêve que, quelque part, Thomas le voit à la télévision et qu'il apprend ce qu'il a fait.

Il rêve que son père est fier de lui et qu'il se met en route pour venir le chercher.

Il rêve qu'il n'est bientôt plus un migrant.

Il rêve.

8

Le lendemain, Louis se rend à la bibliothèque. La mer scintille. Sur le parvis, les étudiants se détendent près des bassins. Certains pique-niquent avant de retourner travailler. Ils rigolent. Ils flirtent. Comme si la guerre ne ravageait pas des pays, comme si des populations entières n'étaient pas poussées à fuir, comme si des gens ne mouraient pas en mer, comme si Paris ne disparaissait pas sous les bombes. Louis ne leur a jamais parlé mais il est content de les retrouver au même endroit que d'habitude, à faire les mêmes choses. Il ne leur en veut pas, il ne les trouve pas indifférents à son malheur. Ils sont heureux, c'est tout.

Sur la statue de Ptolémée, aucune trace de sang.

La main dans la poche, Louis serre son argent. Entre ce qu'il a économisé en mendiant et l'argent donné par l'homme la veille, il a enfin de quoi s'offrir un abonnement.

Un peu hésitant, il passe devant Ptolémée et cherche son regard vide pour se donner du courage. Dans le soleil, la statue semble hocher la tête en signe d'approbation. L'air de dire : « Vas-y ! Le monde entier te tend les bras ! »

Louis presse le pas. Il ne fait pas attention aux regards autour de lui. À l'intérieur, il y a des rendez-vous qui l'attendent depuis trop longtemps.

BIOGRAPHIE

Sébastien Rutés est universitaire, spécialiste des littératures latino-américaines, traducteur et romancier. Dans la collection Faction, il a déjà signé *Eyetrack* , une dystopie parue en 2021.

BIBLIOGRAPHIE

Dans la collection Faction : *Eye track,* 2021

Pas de littérature, Gallimard, 2022

Mictlán, Gallimard, 2020

La vespasienne, Albin Michel, 2018

Monarques, Albin Michel, 2015

(co-écrit avec Juan Hernández Luna)

Mélancolie des corbeaux, Actes sud, 2011

La loi de l'Ouest, L'Atinoir, 2009

Le linceul du vieux monde, L'Atinoir, 2008

DANS LA MÊME COLLECTION

FACTION

Comme ton père, Gilles Abier

L'enfer, Marin Ledun

Eye Track, Sébastien Rutés

La mer sans le bleu, Rachel Corenblit

Des rires de Hyènes, Marion Brunet

Les Romanichels, Gendronax

Malencontre, Laurence Biberfeld

Spoil !, Cédric Fabre

On mange froid, Laurent Martin

Frater, Nicolas Jaillet

Bonhomme, Yvan Robin

Achevé d'imprimer en UE
en juillet 2023
pour le compte des Éditions In8

Dépôt légal : septembre 2023